JN143993

アスカロン、起源の海へ

大谷 純

作品社

アスカロン、起源の海へ

Contents

第四章　旅の意味 …… 75

第五章　科学という幻影 …… 107

第六章　観音幻想 …… 125

第一章　東方病院

閉鎖病棟

かぎの掛かった閉鎖病棟
それは
時空を超える物語を映す
投射装置
妄想は
自由を得て
跳梁する

いろんなバランスを必要とする社会生活がきつい人たちにとって、精神病院の閉鎖病棟は案外大きな自由と安寧（あんねい）を約束してくれる場所だ。心療内科医の小谷の受け持ちは開放病棟が主体で、閉鎖病棟にそれほど多くの患者を抱えているわけではない。それでも、妄想状態のひどい認知症患者や緊急避難的に開放病棟から閉鎖病棟に移っている心身症患者など、いくらか患者を受け持っていた。そのため定期的に閉鎖病棟も訪れる。

認知症の父親を見舞った中年の男性が小谷に嘆く。

「親父が私のことをわかってくれないんです。『息子の良夫だよ』と言っても、『ほう、私の息子にも良夫というのがいます』、なんて言うんですよ」

「それは残念ですね」

「毎回その繰り返しなんですよ」

「お父さんは、繰り返し来訪するあなたのことは、いくらかわかるんですか」

「近頃は、いつも来る中年の男として、少し認めてくれているような気もします」

「それはよかった」

「いいんでしょうか」

「そうですね。お父さんが気持ちよくあなたに会えるのなら、あなたも、お父さんとの新しい物語のなかで生きるのもいいかもしれませんね。魂がこの世に生を受けるというのは、そのようなことだと思います」

小谷の言葉で、男性の表情は一層複雑なものに変わっていった。

「それでいいんでしょうか。それでは、親子だというこの世の縁は、いったいどうなるんでしょうか。私と父親は親子という身体的な関係を持っていて、魂もやはりその上に乗った関係のように思うんですが」

小谷は一瞬言葉をつなぎ切れずに、戸惑いの表情を浮かべた。閉鎖病棟の患者たちは、心療内科病棟にもまして世の中から弾き飛ばされた風情の人たちが多い。この世の身体と切り離された妄想と幻覚に満ちている。そう。閉鎖病棟は静かだが、毎日更新される物語の投射装置。それは時と所を超えて起源に向かう物語。

東方病院

数年前、小谷は大学からこの精神科系の多摩東方病院に心療内科の勤務医として出向してきた。小谷が拒食症の由美や過食症の理恵と出会ったのはそのころだった。小谷がおもに扱うのは摂食障害をはじめとする心身症の患者たちだ。

勤め始めてしばらくして、骨と皮ばかりにやせ衰えた拒食症の由美が救急搬送されてきた。意識も朦朧（もうろう）として、体重二十九キログラムと極端に体重が減少して命の危険があるため、まず点滴によるチューブ栄養から治療が始まった。チューブを装着したまま連日のように面談を続けたが、由美は小谷になかなか心を開かない。

それから二週間ほどして、大学病院からの紹介で過食症の理恵が入院してくる。理恵はその春岡山から都内の大学に入り、ひとり暮らしを始めたばかりだったのだが、五月の連休を過ぎたころから過食症で苦しみはじめた。友達になったばかりの麻衣や彼女の引き合わせで付き合い始めた亮との関係も中途半端なまま、慣れない入院生活を送ることになる。

心身症の患者は、おおむね自己判断で行動できるため日中は出入り自由の開放病棟に入院している。理恵の開放病棟での生活は、週に一度主治医の小谷との面談があるほかは特に大きな制約もなく、ベッドの上で自省しながら過ごす時間が多かった。他の患者は日中外出している人も多いので、チューブを付けてずっと病棟内にいる由美は、自然の成り行きとして理恵と親密になり、一緒にいる時間が多くなった。ふたりは何となくウマが合い、いろいろなことを話すようになった。家族のこと。病気のこと。

患者の主治医との付き合い方もいろいろで、理恵は小谷との会話にそれなりの意味を見出していたが、理恵からみても、由美は小谷にまだ心を開いてはいないようだった。由美は小谷に「いつチューブを抜いてくれるのか」と迫り、小谷は十分な体重に達していない由美の要求を押し戻す毎日が続いた。

やがて由美の体重も増えチューブが抜けた。しかし、チューブが抜けたころから由美の精神と行動に不安定なところが目立つようになる。チューブが入っていることは、彼女たち拒食症の患者にあきらめとある種の安心感をもたらす。チューブが外れることにより、彼女たちは外の世界に押し出されることになり、体重増加への不安と人間関係での葛藤が始まる。

そのころ病棟内で入院患者の金が盗まれる事件が起きた。患者同士がお互いを疑い合い、病棟内が不穏な空気に包まれる。由美ばかりでなく、日中病棟内にいることが多い理恵も犯人として疑われ、やや理知的なところのある理恵をうとましく思う患者グループから嫌がらせを受けるようになる。そんなトラブルにも小谷はできる限り対処した。

小谷はモヤモヤを晴らすために、読書家で博学な入院患者の大山と話すことを楽しみにするようになっていた。大山は小谷が来る前から長期入院している患者だが、個室を巨大な書庫のようにしていた。そのころ麻衣に連れられて見舞いにやってくる亮も、大山と意気投合して、理恵をそっちのけで大山の部屋で話しこんでいたりした。

そんなとき、由美が男性患者を性行為に誘う事件が起きる。小谷は後悔の念とともにその頃のことをよく思い出す。

「あそこで由美を閉鎖病棟に送っていれば、状況はまったく変わっていただろうな」

今となってはそう思う。問題のある患者を閉鎖病棟に送ることは最も安全な策である。患者の持つ葛藤を病棟内に封印し、強力な薬の力を借りてそれを消し去る対処法だ。そのとき小谷はこうした処置を取らず、事件を握りつぶし、打開策として由美を外泊に出した。病棟内で患者が膠着状態に落ちるとき、外泊を試してみるのはよくあることだ。家庭に短期間返すのだ。通常は症状が軽くなった患者に退院の準備として行なうのだが、治療に動きが欲しいときにも試される。

小谷は不安を抱きながら由美を外泊に出した。だが、不安は的中し、由美が外泊先でリストカットに及び、救急搬送された病院に小谷が呼び出される事態になる。しかし、この一件を境にして、由美が堰を切ったように自分や家族について語り始め、小谷は由美とその一族の妄想とも現実ともつかない世界に分け入ることになる。

由美はごく普通のサラリーマン家庭の子として横浜で育ったのだが、大山山麓の父の実家に移り住むようになって、家庭の様子が一変してしまう。父の実家の一族は、大山の山麓に展開する宗教儀礼を扱う集団で、祖父の一族は雨乞いなど山の祖霊に関する儀礼を扱っていたのだ。しかも、祖母の筋は隠れキリシタンだった。

由美の一族に関する情報は、やはり大山付近の住人である患者の大山からもたらされた。じつは大山自身も山麓で宗教儀礼を扱う集団の一族の出なのだった。由美や大山の一族が包括的な宗教的集団として大山山麓に展開する大山教団をなしていたのだ。

　由美の母和子は、そんな一族の習わしになじめず、その圧力に耐えかねて、娘をつれて実家を出て行く。だが、母子二人の生活のなかで、母はアルコール中毒、由美は拒食症に陥っていったのだ。

　以前は由美から何か言葉を引き出そうと必死だったものが、面接のたびに由美から怒濤のように様々なことが語られ情景があふれだし、小谷はその海のなかを溺れそうになりながら泳ぎまわる状況に陥る。

　そして、小谷が当直の夜、由美が彼に性的逸脱行為を仕掛ける。小谷がたじろぐところに看護師の美里が飛び込んできてことなきを得るが、この一件をもって、由美は閉鎖病棟に送られ、小谷も責任を問われることになる。

「やはりいっそのこと最初の逸脱行為のときに由美を閉鎖病棟に送っていればこんなことにはならなかったんだ」

　しかし、踏ん張って引き出した由美の一族の話は、小谷が本来大きな興味を持つところで、「まったく意味がないことでもなかったな」、と思いなおしたりもする。ただ、大山は哲学やインド宗教など一般的なことについては雄弁だが、自身の教団についてはあまり積極的に話したがらなかった。そのため、小谷はもう一歩踏み込めない中途半端な気持ちを抱えたまま、閉鎖病棟に移った由美との面談を続けていた。

　小谷はこのときまだ、閉鎖病棟という装置が私たちの社会のなかで持つ大きな意味に気付いていなかったし、自分自身も絡む途方もない物語を予感してもいなかった。

理恵の航海

一方、理恵も盗難事件のあと病棟に居づらい状況が続いていた。理恵の母親は岡山県の玉野で造船所の社員相手の小料理屋を営んでいた。両親の出自は沖縄で、父親は船乗りだったが、理恵が小さいときに亡くなっていた。理恵はよくまばゆい海の光とともに現れる父親の夢を見た。沖縄の海辺で戯れる彼女を見守る祖父母の夢も。光一という少し年の離れた弟もいた。理恵は小谷との面接のなかで、それら家族や周囲にいる人たちの自分にとっての意味を確認しつつあった。同時に小谷も理恵と話しながら、自分が心療内科を目指した経緯（いきさつ）や自分が大きく打ちのめされたときにひそかに身をひそめる「あなぐら」に対する意味付けを進めていた。ただ、理恵にとって病院の居心地が極度に悪くなってきていた。また過食症は軽快傾向にあったので、学業に戻ることも考えなければならない時期に来ていた。

小谷も、理恵は外泊を試す段階に来ており、家族たちに対する意味付けの確認も必要と考え、話し合いの末、彼女を一度岡山の実家に外泊させることにした。理恵の場合は通常の外泊のパターンだったのだが、由美の外泊失敗の直後だったので、小谷もやや不安を感じながらの決断だった。

理恵は岡山に向かった。この岡山行きで何か自分にとって大切なものがつかめる、確認できるのではないかという期待があった。しかし、理恵は玉野の実家に着いた日の夜大きな不安に襲われ、リストカットに及んで、その地の病院に救急搬送される。

病院のベッドの上で理恵は長く深い夢を見た。夢のなかで彼女は、ローマのために滅び落ちようとするフェニキアの古代都市カルタゴから大西洋に向かって逃れる船団を導く女神として船のマストの上にいた。船団はジブラルタルを抜けアフリカを回って、インド洋を抜けアジアに達した。途中アラブの港湾都市で由美を見かけたり、海賊船に乗った小谷に遭遇したりした。理恵の乗った船は日本に至り、亮の道案内で瀬戸内の玉野に入港する。理恵はベッドの上でその船のマストが陽にまぶしく輝くのをたしかに見た気がした。

この夢の様子は東方病院に帰った理恵から小谷に報告された。小谷はその内容に驚愕するとともに、自分の夢と符合する部分を見出し、大山とともにその夢の洞察に取りかかった。由美の夢とあわせて、自分にとっても理恵や由美にとっても、未来あるいは起源に通じる遠い過去について何かを感知させようとする、何者かの意図の表れとも思えたが、結局それを手のなかにすることができないまま時は流れ、理恵は社会復帰に向けて麻衣と亮との共同生活という枠組みを得たうえで退院していった。しばらくして、小谷は東方病院の常勤医を辞した。

その後

小谷は東方病院の常勤医を退職して、東京の心療内科クリニックと、自身に縁のある地方の診療所を行き来する生活を送っていた。そのうえ月に何度かは東方病院にもやってきて、相変わらず外来と病棟患者の診察を続けている。

理恵は、退院した後いつしか過食症を抜けて、自律神経失調症の患者として、小谷の都内のクリニックに通っていた。退院後の麻衣たちとの共同生活は、麻衣が卒業してＯＬとして働き出したのをきっかけに解消となっていた。亮は理恵と麻衣との共同生活から早々と脱落した。いまは不安障害の患者として、東方病院の小谷の外来に通っていた。亮と理恵は、中途半端なまま何となく付き合いを続けていた。

大山は、個室費未払いのため病棟を追い出されかけたが、父親の莫大な遺産が入り、部屋代の問題が片付いたため、巨大な書庫と化した個室で入院生活を続けていた。月に何度か病院に来る小谷との対話を楽しみにしている。病院としても、特に騒ぎを起こさない沈殿系の患者が個室を確保してくれるのは悪いことではない。

由美は、相変わらず閉鎖病棟で過ごしていた。小谷は由美との月に一度の面接を続けていた。いずれ両親のもとに戻らせたいなと思いつつ、無理は禁物と心得ていた。

閉鎖病棟は、男女で病棟が分かれている。由美のいる女子病棟には、誠一郎という、製薬会社の営業職を辞めて精神科看護師になった青年がいる。入職してきたばかりだが、なかなか熱心な看護師である。小谷とは懇意で、製薬会社で勤務していた頃のことなどを、愚痴交じりによく漏らす。

「製薬に勤めていたころは、どうやって先生方に薬を買っていただこうか、そればかり考えていたんですよね。その前に、少しだけ銀行にいたんですけど、何となく性に合わなくてね。もっと自分の営業の力を生かしながら世の中のためになって、しかも将来性があるものに移りたい、と思っていた先に見えたのが製薬の仕事でした」

誠一郎はさらに続ける。

「最初は、先生方との付き合いも楽しくて、よかったんですけどね。だんだん数字をとるために、先生方に心にもないことを言ったり、売り込みのグローバルな戦術に沿った圧力が大きくなったりね。『そうじゃないだろ』、と思えることばかりになってきたんです。そのうちジェネリック薬品の浸透で、売るものがなくなってきてね。どうにも辛くなってきました。そんなとき病棟を動き回る看護師さんが、とても生き生きとして見えたんですよね。そこで心を決めて、学校に通って、看護師免許を取りました。しばらくいろんな科を回っていたんですが、落ち着き先として精神科を希望して、こちらにお世話になりました」

彼は製薬会社のＭＲ（営業職）を経験していただけあって、医師の心の動きをつかむのがうまいところがあった。患者の状態も的確につかんでいるので、小谷も、由美を含む病棟患者の情報はもっぱらこの誠一郎から得ている。

キリトとその周辺

男子病棟には、最近小谷の患者になったキリトという青年がいる。キリトはある日ふらりとこの病院の外来にやってきた。東方病院の心療内科の患者は、多くを大学からの紹介で占めるのだが、ときどき心身不調に悩む近くの大学生やサラリーマンも訪れる。

キリトは最近近くに引っ越してきたのだが、仕事になじめず、気分が落ち込む上に、変な夢ばかり見て不安が募ると訴えて診察を求めてきた。非定型性の「うつ病」として、しばらく外来で診ていたが、妄想的な話も多くなってきたので、統合失調症の一類型として閉鎖病棟に入院させた。

その名と風貌がキリストに似ているため、〝三病棟（男子病棟）のキリスト〟と呼ばれている。どことなくおどおどした感じの、あごひげを蓄えた青年だが、自分が〝キリスト〟と呼ばれることに、特に抵抗を示しているわけではない。逆に、それを鼻にかけているわけでもない。要するに、そのことについては無関心だ。いつも自分の荷物をズダ袋に入れて、それにひもをつけて黙々と引きずって歩いている。ときどき廊下の隅に座り込んで、何ごとかぶつぶつつぶやいている。近づいてよく聞いてみると、そのつぶやきは次のように聞こえる。

「わたしたちは、……つぐなわなければならない」

キリトは、宗教的な雰囲気を漂わせてはいたが、まったく問題児でも、問題になりそうな患者でもなかった。完全に自分の宇宙のなかだけで神と交信するタイプだ。

むしろ病棟スタッフが気をつけていたのは、時として憑依的な態度をとって、周囲を混乱させるユウジンという患者だった。人を惹きつける力もあるようで、いつも何人かの患者たちがその周りにたむろしていた。このタイプは、他の集団と争いを起こしたり、患者、スタッフを問わず誰かにからんだりと、問題を起こすことがある。

もうひとり、小谷にとって気になる患者がいた。ウマヤドというその患者は、最近引っ越してきたアパートの部屋のなかで倒れているのを大家に見つけられた。部屋じゅうが妙な呪文や暗号で満たされていて、精神病院が適当だろうということで、搬送先から東方病院に移されてきた。十七条の誓文のもと、新しい神の国を造ることを目指しているという。タイプとしては、キリトと同じく沈思黙考（沈殿）型で、あまり周囲を巻き込む行為には及ばないが、やはり独特のオーラを放っている。

閉鎖病棟では、心身症や神経症の多い開放病棟のように集団で妙なことが起きたり激しい逸脱行動が出現したりはしにくく、おおむね患者それぞれが自分の深い妄想の世界に暮らしている。

男子病棟の看護師長は、四十絡みの女性で、ユリアという。経歴には謎の部分が多く、履歴書もよく見ると、つじつまがあわない部分があったりするのだが、とにかく優秀である。病院の経営陣もしばらく様子を見ていたが、何年か前から師長に抜擢している。

ユリアは未婚だが、ひとり男の子がいる。細身で表情にやや憂いを含む、どちらかと言えば暗い印象の女だが、仕事は的確で病棟スタッフをきちんと統制し、患者たちからの信頼も厚い。ユウジンもユリアの前で荒ぶることはない。小谷も、キリトをはじめ患者たちの様子を彼女から確認している。目立って美人というわけでもないが、患者にもスタッフにも、ひそかに彼女に思いを寄せるものがいる。

大山との対話でも、キリトとユリアのことは何度か取り上げた。

「キリトとユリアですか。つまりキリストとマリアなんですね」

「まあ、そういうことだね。何も起こらなきゃいいんだけどね」

「何か起こりそうなんですか」

「いや、わからない。キリトとユリアが、どうこうなるとは思わないんだけどね。ユウジンやらウマヤドやら、とにかくタレントが多いからね」

ワープする由美

東方病院での診療日、小谷はいつものように大山の部屋を訪ねた。

「最近の由美さんの様子はどうですか」

大山は自分から教団のことは話したがらないくせに、由美のことはずいぶん気になるらしい。

「由美さんね。閉鎖病棟がずいぶん長くなるんだけど、ますます合理的なところがなくなって、『宇宙』との交流が本格化してきている感じだね」

「宇宙との交流ですか」

「まあ、そうとでもいうのかな。拒食傾向はなくなってきてるんだけどね。だから体の管理は楽なんだけど、もっと本格的に妄想化してきている」

「統合失調症に近くなってきてるんですか」

「そうかもしれないね。統合失調症の前駆状態として、拒食になることはあるからな」

小谷は、由美の父親の実家のことに思いをはせた。

大山と由美の一族が、それぞれ大山山麓に展開する宗教的な集団の末裔という話は、とりあえず大山と小谷の間での共通認識になっていた。小谷は教団に大きな興味をもち、大山が亡くなった父親の財産整理のため帰宅した際同行して、彼の実家にも足を踏み入れた。由美の祖母の家からさらに山道を奥に分け入る。いまは完全に木々に侵食されていて、うっそうとした森のなかで、その建物は朽ち果てようとしていた。

「雰囲気のあるいい家じゃないか。大山さんはここに帰ろうとは思わないのか。あんな病院の狭い部屋にいるよりはいいだろ」

「いや、ここで暮らすとなるとですね、ちょっと大変ですよ。インフラもね。いまは病院が家のようなものですからね。何かと便利ですしね」

話しながら、家の反対側に回ってみて、小谷は驚いた。そちらが表になっているようで、山に続く裏とは違って、玄関辺りもなかなかこぎれいだ。車がすれ違えるくらいの車道にも面していて、畑の向こうには、相模の平野が広がっているのが望める。

「いいじゃないか。由美さんの実家から上がってくると、何やら山のなかに分け入る感じだけど、反対側に回ると、ちゃんと車道も通っていて、ずいぶん開けているんだね」

「そうです。うちの辺りが、山と畑のちょっとした境になっていて、そのまま山にも入れますが、反対側からは、車で集落の方に下りることもできます」

「なるほど。シャーマンには陰と陽が必要だもんね。闇への顔とこちら側への顔」

「まあ、そんな大層なものでもないでしょう。ただ、山は深くて、すべての古いものと繋がっています」

大山は笑っている。

ふたりは再度、もとの森のなかの道を歩いて引き返した。今は由美の父栄治も去り、祖母のエイも施設に移っているので、空き家となった実家の住居・敷地はかなり荒廃していた。小谷がここを訪れるのは、リストカット騒動の日以来である。あの明け方、目にした山麓の暗い森に続く、敷地内の池や礼拝堂と思(おぼ)しき白い建物、母屋(おもや)などにじっと目を凝らした。

あの日の光景がよみがえる。

「由美さんの家も空き家になってしまったし、私の父も亡くなりましたから、大山のシャーマン系の一族は、ほぼ根絶やしになってしまいました」

大山はなんとも複雑な表情を浮かべていた。

「そうだよな」

小谷は、いたわるような調子で、相槌を打った。

「ところで、由美さんのご両親は、今はどうしてるんですか」

小谷は次のように説明した。

小谷の働きかけで、由美の母の和子は、アルコール依存症の専門病院にかかり、更生に励んでいる。父栄治は大山の実家を後にした後、和子に復縁を求め、彼女がそれを受け入れた。したがって、両親の仲はほぼ元通りになった。

それは、由美の将来にとって願ってもないことだ。彼女のような両親が離断された家庭で、うまく復縁し、そのなかに患者が帰って行けるケースというのはそれほど多くない。山麓の実家の一種宗教的な圧力から解放されて、いまは栄治が和子を支えながら、二人はもとの暮らしに戻っていた。その両親のアパートに、由美はたびたび外泊に出るのだが、そのとき栄治がいつも由美を迎えに来るのだという。


「そうなんですか。それはよかったですね」

「そうなんだよ。条件はいいほうに向かっているんだ。由美もなんとか家に帰してやりたいね」

「面接のなかでは、どんな感じなんですか」

「そうだね。環境は間違いなく、いい方向に向かってるんだけどね。でも、残念ながら、妄想の傾向が強くなっている。最近みた夢の話などが多いかな。夢か幻覚・妄想かよくわからないんだけどね」

「そうなんですか。うまく両親のもとに戻れるといいですね」

「妄想の充満する閉鎖病棟に、ずっといるのもよくないのかもしれないけどね。相変わらずというか、ますます巫女的な感じが強くなってきている。夢か幻覚のなか、あちこちの祭壇のようなところで祈っている話をよく聞かせてくれるよ。祭壇といえば、ベッドサイドに結界を張って、祭壇のようなものをこしらえて、そこで祈っているうちに、魂がどこかにワープしていくらしいね」

「へえ。結界のなかにいる間は、先生やスタッフは介入せず、見守っているんですか」

「基本的には、その空間を尊重している。結界は冒さない。これは精神療法の基本でもあるね。憑依的な状況になったり、他人に危害が及ぶようになれば、止めに入ることはあるけど、由美の場合はそんなことにはならないからね」

「どんなところにワープするんですか」

「様子を聞いていても、よくわからないことも多い。でも、ピンとくることもあるね。もともと、由美には乾いた砂漠に佇(たたず)むムスリムを思わせるところがあったんだけど、拒食が緩やかになるにつれて、あの子の夢の世界も変わりつつあるようだ。その姿や立つ場所がね」

「おもしろいですね。どんな感じなんだろう」

「なんというんだろう。日本を思わせる舞台が多くなってきている。ヒミコ的とでも言うのかな。ある日の由美の夢からは次のような光景が想像できる」

秋田大湯

由美は、ピラミッドの上にしつらえられた祭壇で、一心に祈っていた。この何日か、ずっと祈り続けている。そしてつい今しがた、雷とともに由美に神託がくだった。由美はピラミッドを駆け下りて、そのすぐ下にある環状列石のなかに入り、くだされたお告げを一気に声明した。列石のなかでは、幾人かの巫女と部族の長たちがやはり一心に祈っていた。その周りで、さらに多くの人たちが祈っていた。由美の言葉を耳にしようと、輪を作っていたすべての人たちが、やがて歓喜の声をあげ踊り始めた。

「今年は豊作だ」

その踊りの輪から、松明を手にした人々が走り出て、ピラミッドと環状列石のある台地を駆け下りる。そして、さらにその下で輪を作っていた人々に由美の言葉が伝わると、松明の炎と歓喜は、野原をどこまでも広がっていった。向かいの高い山の頂からも、四方に松明の光が流れ下るのが見てとれた。

大山は少し首をひねっていた。

「ピラミッドですか？　古代のようですが、どこでしょうか？」

「秋田大湯の環状列石と日本版ピラミッド黒又山だよ。ピンときた。向かいの山は森吉山かな」

十和田湖から南にゆるく伸びる秋田大湯の舌状の台地の上に、日本版ピラミッドといわれる黒又山があり、その近くにふたつの環状列石が並んでいる。その間を道路が走っているのがなんともだが、川上から見て右が建物を伴う「万座」で、左のよりシンプルなのが「野中堂」である。

その北東に二等辺三角形の頂点をなすように、学術調査が入り、ピラミッドである可能性があるとされた黒又山が鎮座している。環状列石と黒又山は、セットで祭祀的な機能を持っていると思われる。

この遺構のある鹿角（かづの）は、国内で有数の鉱脈が集中し交錯する、ミステリアスな地域として知られる。鹿角盆地の中央にのびる、この舌状台地の周囲は、古代から実りの豊かな耕作地だったことがうかがわれる。その見晴らし舌状台地上の、両側からの水脈がぐっと狭まる、明らかにパワーが集中する場所にピラミッドと環状列石は鎮座する。水脈はその先、左右から迫る八幡平や森吉山など高い山々の間隙をぬう水流と合流し、大きな河川となって、さらに山合いや平地を縫いながら日本海に注いでゆく。


「ほう、そんなところがあるんですね」

「そうだ。実際に行ってみたこともあるんだけど、すごいところだね」

「私は訪ねたことはないんですが、黒又山っていうのは、本当にピラミッドなんですか」

「らしい。少なくとも人工構造物の可能性は高いそうだ」

「先生は登ってみたんですか」

「ああ。本当にピラミッドなのかどうか、いくらかでも感じられるかと思ってね。それほど高くないし、登ってみたんだ」

「どうでした」

「裾野の鳥居から歩きはじめると、途中で壁にでも突き当たるように、急傾斜になる。その不自然さはあったね。本当かどうかよくわからないけど、人工石構造（メンヒル）の可能性は大いにありそうだね」

「なるほど。自然の隆起ではなく、後で積み上げられた可能性が高いということですね」

「そうだ。でも今は木に覆われていて、人工石構造という感じはまったくしなかったね。それに、太古の十和田火山の大噴火で、大きな火山岩がここまでドカンッと飛んできた可能性とか、いろいろありそうだな。頂上の薬師堂を建てるとき、太古からの遺構が壊された可能性が大きいとのことで、残念。その遺構がピラミッドの一番上、いわゆるトップキャップだったかも、ということなのかもしれないね」

クロマンタ

「で、由美さんは、どこで祈ってるんですか」

「どうも、山の頂上の、薬師堂のあるところらしいんだ。今は山全体が木々に覆われていて、頂上からの視界はまったくないんだけど、大昔はほとんどはげ山、あるいは岩山だったんじゃないかな。だとすると、眼下にふたつの環状列石が、見下ろせていたんじゃないのかな。ずっと向こうには八幡平や森吉山の山群が見渡せる。そんなシチュエーションが感じられるね」

「ほう」

「たぶん由美さんが籠っていたクロマンタの上の遺構が奥宮、環状列石が里宮、さらに台地の下が田宮の原型、という感じじゃないのかな」

「由美さんに下されたお告げが伝達されていくわけですね。流れ下るように」

「そうだね。この鹿角は、国内で有数のミステリアスな地域でね。その見晴らし台地上の遺構は、明らかにパワーが集中する場所にある。クロマンタと環状列石を合わせて祭祀の場で間違いないと思うけど、この列石のある場所は、『徳の高い人たち』が埋葬された場所なのも間違いないんじゃないだろうか。この場で行なわれる告知と予知は、民族の存亡にかかわる。神と交信する司祭のパワーと集中力を増すために、それらの人たちは、死後もこの場に置かれたに違いないと思うな。そのようなことがすっと理解できる場所だよ」

「なるほど。そのような高台の混合宗教施設の原型は、マチュピチュなど世界中にありますもんね」

「そうだ。そして古代の宗教施設は何かしら古代生物を思わせる山や高みに守られていることが多い。例えば、マチュピチュの背後にはマンモスを思わせる山が控えているし、熊野の果無(はてなし)集落のうしろにはコンドルがね。そんな風に見えるんだよ。ヒミコもこのような場所で祈ったと思うし、この時代そういうところは規模の大小に限らずあちこちにあったろうね」

「と、すると、時代は弥生から古墳時代にかかる間くらいということですか」

「そう、西日本と東日本で、かなり様子が違っていた可能性は大きいけど、秋田辺りはまだまだ縄文世界だった可能性が高いね。それに、その時代は、港がある北の津軽や陸奥湾のほうが栄えていただろうから、北つまり表の三内丸山辺りに大規模な集落があって、十和田火山を越えた裏側の秋田大湯が秘所という感じになるんだろうね」

「とにかくそういう場所で祈っているわけですね」

「そう。ピラミッドや人工的な列石以外にも、盤座（いわくら）とか巨大な滝のそばとかでね。十和田湖の周りにはそんなところがたくさんあったはずだ」

「そうですか。そういう祭司者の代表格が、ヒミコというわけですね」

「まあ、そういうことになるかな。ヒミコって、祭司だし政治的にも権力者だったんだろう。政（まつり）治（ごと）を実際に回す人物は他にいたのかもしれないけど。どちらにしても、全部族民の母親というか始祖・神と民をつなぐ、みたいな存在だったんだろうね」

「記紀神話のアマテラスも、そんな存在だったんでしょうね」

「そうだね。天照大神（あまてらすおおみかみ）いわゆるアマテラスって、ヒミコがモデルだともいわれているけど、まあそんな感じの存在だったんだろうね。ちなみに、アマテラスのモデルとしては、神功皇后や記紀の編纂に大きな力を持っていた持統天皇もあげられている」

　記紀の読み方についても大山とはよく議論になったが、この場はここで話を切って小谷は病棟まわりを始めた。

その場所

東方病院は、多摩丘陵の濃い緑のなかにある。建物はうっそうとした木々に囲まれ、茂みで少し隠れたその庭の奥に、小さな岩屋のような「その場所」がある。古い祭祀場の跡のようにもみえる。勾玉(マガタマ)型の等身大の石柱が左右に立ち、なかの空洞を護っているようにも感じられる。ずいぶん古さを感じさせるもので、空洞の内部も左右の石柱も苔むしている。少し離れたところにお堂が鎮座している。なかに薬師如来と小さな観音が祀られている。薬師如来は、ずっと以前からここに置かれているらしい。観音は、いつか誰かが、そっと置いていったという。

以前、院長に、なぜこんなものがあるのかと尋ねたことがある。じつは、この病院の場所は、ずっと以前、たぶん古代から、施術所だったという。時代が移ってもそれは続き、近代になっても、小さな施術所があったらしい。それを院長の先代が取得して病院を建てたのだという。大山もこの「場所」のことはずいぶん気になっているようだ。

「あれはなんなんでしょうね。茂みに隠れているから、気づきにくいですけどね。古代からって、古墳時代くらいからってことですか。施術の場所が特別に備わっていたとすると、そのくらいからかと思いますけど」

「たしかにちょっと雰囲気のあるところだね。院長によると、あの場所が、ここに病院を建てる決め手になったそうだね。今でも節目には、ちゃんと本格的な礼拝をあげているらしい」

「それにしても、あの『あなぐら』のようなところは、独特の雰囲気がありますね」

「そうだよね。左右の少し勾玉型にくねった石柱となかの空洞をみてるとね、卵巣と子宮のように思えるんだよ。第一、勾玉って卵巣をイメージしているんじゃないだろうか」

「さあ、どうでしょう」

「その奥の空間が子宮でね」

「なるほど。そんな風に見えますかね。でも、おもしろいですね」

「旅をしていたとき、あれを想起させる場所に巡り合ってびっくりした」

「ほう、どこでしょう」

「熊野だ」

「熊野ですか」

ジンムのまどろみ

小谷は熊野で、東方病院の聖所とそっくりな古い祭祀場の跡らしきものに出会って、驚愕したことを、昨日のようによく覚えている。植島啓司の『世界遺産 神々の眠る「熊野」を歩く』という本のなかで、古神殿という古名で紹介されている場所。その空間にたたずむと、限りない安寧の感覚がもたらされるという。

そう、子宮のなかにいるように。

「そう。あれは何とも不思議だった。植島さんの本にあった、古神殿というのがひどく気になってね。何とか訪れてみたいと思って、行きつ戻りつ、必死に探したんだ。『子宮のなかにいるような心地よさ』を求めてね」

「植島さんって子宮のなかにいたときのことを覚えてるんでしょうかね」

「いや、そうじゃなくてね。何かに守られている安心感の起源は、やはり子宮だろうと思うんだよ。私の『あなぐら』と同じ感覚かな。そういう意味でも興味があった」

「それで先生も見つけることができたんですね」

「なんとかね」

小谷は熊野での自分の体験を話して聞かせた。

熊野をあちこち回った最終日、植島氏の本にある古神殿を何としても訪ねたかった。地図上では、速玉(はやたま)大社で知られる新宮(しんぐう)の熊野川を挟んだ東側。七里御浜(しちりみはま)の西の端から少し奥まった場所。ここは古代、進軍してきたジンムが、毒気にあてられたり、さんざん苦労して、上陸を果たした場所といわれる。まず「その場所」の目印でもある神内(こうのうち)神社に向かった。車を降りて、神内の社域をひとめ見た瞬間、その「すさまじい霊気」に衝撃を受ける。

「ここはちょっとすごいな」

参道を恐る恐る歩き始めて、また衝撃が走る。これは以前訪れた出雲の神魂(かもす)神社の参道の雰囲気とそっくりではないか。脇に「神武御社」の石標。拝所とご神体を見てまた驚愕。たまげた。

頭上に覆いかぶさるような巨大な岩塊。新宮の神倉神社の「ゴトビキ岩」や七里御浜のイザナミの墓として知られる「花の窟（いわや）」など、熊野では巨岩の神体で驚かされることは多々あったが、これもたぶん最大級。樹木の絡まった巨岩が荒々しく頭上に迫ってくる。

　しかし、「その場所」へは、なかなか行きつかない。古神殿という地区は、この辺りのはずなのだが、ざっと見渡して、それらしいものが目につかない。行きつ戻りつしているうちに、意外にも神内神社の駐車場からすぐの道路復旧工事用の仮駐車場と思しき場所から数メートルのところに「その場所」が。

　見つけてみると、「あっけなく」見つかった。下手をすれば、駐車場にするためつぶされていてもおかしくない様相だったが、後で聞けば、植島の「ここはつぶしちゃだめだ」という進言のおかげで保存されているとのこと。しかし、神内神社のご神体の、すさまじくいかつい岩塊にくらべて、こちらはなんとも、たしかに包み込まれるようなやさしさ。ジンムもこの「場所」で安らかにまどろみながら託宣を受けたのだろうか。「進めばよい」と。そんなことを想起させる雰囲気がある。多くの古代都市にみられる神からの聖なる託宣の場。なかでも有名なのはアテネのデルフォイ。そう、ここは熊野のデルフォイ。

　熊野には、太古の大地母神を感じさせる女性性と、林立する男性性のシンボルである岩塊が組み合わさった場所が多い。大斎原（おおゆのはら）、那智の滝。小谷は、それらにも話を及ぼそうとしたが、亮との面接の時間が迫っていることを思い出し、大山の部屋をあとにした。

第二章　地中海

亮と小谷

亮は、東方病院の小谷の外来に通っていた。

自分が疲れ切ったときいつも閉じこもる空間に小谷に似た男がいたという夢想を告白し、小谷の診察を求めたのだ。

小谷も、その告白を受け止め、亮のカウンセリングをはじめていた。

「亮君の空間って、私の『あなぐら』と同じようなものかもしれないね」

そう告げて、小谷はあなぐらについて説明した。

あなぐらは、傷つき癒しを求めるとき、すべての緊張感を解いてじっとうずくまっていられる場所。自分にとって最も根源的なものが満ちた空間。

亮は、そう話す小谷の顔が、まるで自分という患者が目の前にいるのを忘れているような安らぎに満ちているのを感じた。亮も、自分が疲れ切ったとき閉じこもる空間が、小谷にとっての「あなぐら」のようなものだと実感した。

「先生も同じなんだな」

この共有感をもとに、小谷は亮との治療を、「あなぐら」と「亮と理恵」との関係に絞る分析的カウンセリングに導いていった。小谷にとっても、それは自分の心の旅をさらに深めるものだと予感できた。

「それにしても、あなぐらって子宮のようなところなのかもしれないね。自分たちは結局、そこから生まれて、どうしてもだめなときはそこに還っていくんだよ。自分にとって最も根源的なものがあふれた場所にね」

亮は、小谷がそうつぶやくのを聞いた。

つぶやきはさておいて、面接はまず、「亮にとって理恵とは何なのか」、から始まった。

亮と理恵

はじまりは、亮の新しい大学生活のなかで、講義室に妙に気になる女の子がいたことだった。理恵である。目立って美人でもなく、おとなしく、田舎から出てきた感じの女の子。しかし、亮には、彼女が自分にとって特別の意味をもった存在ではないかという予感があった。恋ではなさそうなこの感覚が、いわゆる赤い糸に結ばれた関係性なのかもしれない。

亮はそんな風に感じたりしていたが、とにかく近づいてみたいと思った。そのうち亮と同じくフェルナン・ブローデルの『地中海』の読み解きを中心に活動する「地中海クラブ」に属していた麻衣が、理恵と仲良しなのを知る。麻衣に、理恵をコンパに誘ってくれと頼み、下北沢での理恵と亮との出会いになる。それから理恵と亮は何度かアパートを行き来したが、理恵の過食症の具合が極端に悪くなり、東方病院に入院したことで、一度関係が途切れてしまう。

その後は、おおよそ小谷も知っている通りのことだ。

理恵の状態が落ち着いたところで、理恵から麻衣に連絡が入り、亮も麻衣に連れられて東方病院に見舞いに訪れることになる。亮は理恵と再会する。大山と出会って意気投合し、様々な対話を交わすようにもなる。

理恵の退院に伴って、麻衣と理恵の共同生活が始まった。そこに亮も一時同居したことで、理恵と亮の距離は縮まっていった。


「理恵さんといると、どんな感じなのか」

「とにかく大きな安心感があります」

「安心感か」

「それを恋と呼ぶのか愛と呼ぶのか、そんな風には呼ばないのか、私にはよくわかりませんが。とにかく自分には必要な存在なんだ、ということは強く感じます」

「逆に、理恵さんにとっても、亮君はそんな風に必要な存在なんだろうね」

「それはよくわかりませんね」

亮は少し苦笑いしながら答えた。

「麻衣さんよりずいぶんおっとりしているように感じますが、芯は強いなと思います」

小谷はうなずいた。

「麻衣さんは、たぶん私のことをいくらか好きなんだろうなと感じるのですが、自分としては、麻衣さんより理恵さんに惹かれるんですよ」

「なるほどな」

小谷に問いただされることで、亮は、理恵への気持ちをよりしっかりと確認することができる。カウンセリングはそういう役目も負う。そして亮は、小谷との面接で、自分のあなぐらにいた小谷にそっくりの初老の男の肩の辺りに、小さな女の子の影が舞っているのを見たことも告げた。

「ほう、そうなのか。自分にはよく見えないんだ。何となく肩のあたりにいるのはわかるんだけどね」

小谷もずいぶん興味深そうだった。

「あの肩の上の小さな女の子は、誰なんですか。先生には心当たりがあるんですか」

「ああ、何となくはね。また話す機会もあるかもしれないね」

亮もそれについては、それ以上はもう尋ねなかった。

世界の起源

小谷と亮の間で、理恵は大地母神のような存在だ、という認識が共有されていた。

亮は別の日の面接で、小谷と交わした次のようなやり取りを思い浮かべた。

「母なる海なんていうけどね。何かが生まれようとすると、まず器がないと生まれないし、器にはたっぷりの水がないと生まれない。そこから、生成、融合が起きて、何か物質として目に見えるものが生まれてきて、外に広がっていく、っていうイメージなんだ。だから、人間が母親の羊水の中で育って生まれてくるように、文明も、少なくとも、たっぷり水のある場所から生まれるというのが、無理なくイメージできる姿だよね。それはどこだ、と言われれば、例えば、北アフリカ、パレスチナ、南ヨーロッパに囲まれた地中海。大地と深く交わる海があり、まぶしく輝く太陽がある」

「たしかに、地中海が容器というか羊水で、海にとても近い祭祀場で祈りが始まる、というのは納得できますよね」

「誰にとっても、世界はまず、自分を養ってくれた胎盤と羊水と一緒に、子宮から外に押し出されるところから始まるんだもんな」

「まあ。そういうことですね」

「亮君は『世界の起源』というパフォーマンスは知ってるか」

「ええ、パリのオルセー美術館のクールベの作品『世界の起源』の前で、女性パフォーマーが、自分の性器をさらけ出したってやつですね。動画をみました」

「すごいよね。『世界の起源』、あれはその通りだな、と思わず納得してしまった」

「涙を流していた女性客もいましたね。あれは感動のあまりなんでしょうか」

「まあ、いろんな意味をもった涙なんだろうな」

亮と大山

亮にとって、東方病院にやってくる目的は、小谷の診察を受けることと、もうひとつ大山と話すことである。小谷との面談を終えると、いつもすぐに大山の部屋に向かう。大山も亮との対話を心待ちにしていた。亮は卒業した後も大学に残り、地中海クラブにかかわっていた先生の研究室のスタッフのような立場でいた。研究の大ざっぱな題目は、「地中海史」。大山とも地中海を中心に、様々な対話を行っていた。


「地中海クラブって、その後どうなってるの」

「あまり発展性はありませんね。最初、フェルナン・ブローデルの『地中海』の読み解きから始まったんですけど。もう少し掘り下げないと、結局、何もつながらないなと」

「ブローデルの『地中海』か。中世だね。たしかに中世の地中海は多彩で、いろんな顔を持ってるけどね」

「そうです。それはそれで面白くて、資料もつかまえやすいし、研究のネタにはいいんですけど。ぼくたちは論文を書かなきゃいけないから、資料が豊富な領域は助かるんです。でも、もうひとつね」

「それじゃダメなのか」

「もっと根っこのところを知りたい、というんでしょうか」

「なるほどね。起源というか根源的な」

「そうです。地中海って、風習にしても、民族の散らばり方にしても、食べ物や社会システムにしても、いろんな要素が混じり合って、複雑なことになってるんですけど。それがどう始まったのか。結局、そこに興味が行くんです。ヨーロッパの文化の源は、なんだかんだいっても、やはり地中海ですからね」

「なるほどね。まあ、何かひとつから始まったわけじゃないことはたしかだな」

地中海

「まず、地中海の意味って、何なんでしょう」

「意味ね。地の中の海というくらいだからね。大海のように、向こう岸の想像がつかないほど広くはなく、湾の両端みたいな、すぐそこに見えていて短時間で気軽に行き来できる距離でもない。仮にも『海』というくらいだからね。対岸を持った内海というくらいのことになるのかな」

「つまり一〜三日くらいの航海で対岸にたどり着ける内海ですね」

「そういうこと。日本でいえば、瀬戸内海はちょっと手狭過ぎる。瀬戸内海はエーゲ海だ。サイズ的にはまさに日本海が地中海そのものだと思うね。列島や半島や北方領域に囲まれたね。そのサイズだと、微妙な文化の揺りかごになりやすいと思うんだよ。手を出そうと思えば出せるし、同盟も目に見える形で組める。ほったらかしておこうと思えば、それもできなくはない。でも、絶えず緊張を生む。だから、せめぎあいや葛藤が生じるし、頭を使わなきゃ生きてゆけない。人生の縮図みたいなものかな」

「古代の地中海って、どんなだったんでしょうね」

「それを構成する要素を考えてみる必要があるね。特にパレスチナの辺りの海岸線は、今よりは信じられないほど活発だったろうね。いろんなものが混交していて、ちょっと想像というか整理がつかないけどね。とにかくネアンデルタール人とホモ・サピエンスの昔から、様々な民族や部族が、生き残りをかけてせめぎあっている場所だ」

「南にはアフリカのナイルがはぐくんだ大文明エジプトがありますね」

「エジプト文明もね。どうやってできたんだろう。もちろんひとりでにできたわけじゃない。それをもたらした、あるいは育て上げた何かが近くにあったはずだ」

「それは」

「エジプト文明というのは、正確にはナイルの上流と下流に分かれていたんだ。まず上流に王権と神聖な場所が出現して、あとで下流の河口付近に商業的な集積地が出現した。大ピラミッドもね。まず上流から始まったんだけど、ここは、人類発祥からくり返しいろんな時代の人骨化石が出土している大地溝帯に近い。本当に少しずつ石器・狩猟・耕作・集落と文明が進んできて前三〇〇〇年くらいから古代王朝が始まって、なんというか、オーソドックスに人類史をひた走ってきたのかもしれない。だれにも邪魔されない絶対王権を確立してね。巨大なピラミッドが、その象徴というか証左になる。メソポタミアみたいに民族の十字路的な侵入・滅亡のくり返しをやってるようなところであんなものを造ろうとすれば、あっという間にすきを突かれて攻め滅ぼされてしまうだろうからね。エジプトでも、時代が下がると、悠長に石を切り出してまで大きなピラミッドを造る余裕はなくなって、石ではなく泥で造ったり、盛り土の上にオベリスクを立てたりして、なんというか、間に合わせている」

「その泥のピラミッドや簡易神殿が、世界中に散らばっている共通項に近いものなんですね。大きなピラミッドを作れるほどの絶対王権は、ナイル流域とマヤ・アステカの中米にしか出現できなかったということなんでしょうか。でも、その絶対王権はどうやってできて、しかもそれを続けることができたんでしょうね。三千年続いた体制です。やはり興味があります」

「アフリカ内部に原住していた人たちが、そのままナイル川流域に広がって壮大な文明を起こしたというのは、ちょっと考えにくい。それでもチャドとかアフリカの中央高地で、いろんなものが見つかりつつあるというから、そういう人たちがその萌芽を造り出したということはあり得る。分からないけどね。それにライオンは、スフィンクスに現れているように、古代エジプトでは、神あるいはそれを護るものだったわけだから、中央アフリカの精神性は間違いなくエジプトに生きている。ただ、やはり外部からナイルを逆流した大きな何かがないとあの文明は成り立たないと思うな」

「一方、太古のアフリカからの人類の広がりについてですが。アフリカの東側の大地溝帯あるいは少し内陸で生まれたホモ・サピエンスが東に向けて出て行ったことは、ほぼ誰もが認めています。その出口『嘆きの門』から、今度は文化が流入つまり逆流したんじゃないんでしょうか」

「そうだね。メソポタミアとかインド南部の流れをくむ、あるいはその源流になった超古代の文明が、西向きに流れてきて、ナイル流域に大きな文明が起きたという説もとても有力だ。中東の一番南側、アフリカの角を回ってね。シナイ半島を渡って、ナイル川を遡行して上流に文明が生まれたと考えるより、嘆きの門経由の方がありそうな気はする。エジプト文明の発祥がナイルの上流だと考えるとね。ただ、証拠はない」

「そうですね。同時にインド洋に海洋性の大文明も起きたのかもしれません。それだと、直接アフリカのあの辺りに渡れます。第一、おっしゃるように、本当にアフリカの内陸には何も起きなかったのかも、はっきりしません。それにジブラルタル海峡はそれほど広くないですからね。まったくの想像ですけど、アフリカ内陸から北西に進んで、ジブラルタルからヨーロッパに渡ったり、逆にいまのスペインからアフリカに渡ったりするグループがいたのかもしれません」

「そうだね。ちょっとわからないな。最古の文明といわれるメソポタミアから発して西向き、つまりアナトリアやシリアなど真西に向かう流れは後を追いやすいけどね。いろんなものと融合しながら孵化して、レバント文明とでもいえるものができ上がっていたということだろうね。この流れははっきりしている」

「そうですね。歴史的には、シュメール人やバビロニアやアッシリアの人たちがその流れを担ったことはかなりはっきりしています。そして、そのころパレスチナ地方一帯にはフェニキア人が散在していた」

「そうだね。でも、どうもね、フェニキアも謎だしね。まだコマがそろわない、何かが足りない気がして仕方がないんだ」

「一つの手がかりとして紀元前一一〇〇年ごろから数百年に渡ってアラビア半島の南端に存在したサバ王国があります。メソポタミアからもエジプトからも広大な砂漠で切り離された地に、水資源が高度に管理され黄金や香料が満ちあふれた王国が存在していたんです」

「シバの女王の国だね。これは起源はどこと見ればいいんだろう」

「想像ですが、南インドやメソポタミアやエジプトから流れてきた人たちが、それぞれの特徴を生かして理想郷を築いたんじゃないでしょうか。じつはこの集団はサバ王国が衰退した後、ユダヤの勢力圏の南に位置するネゲブ砂漠で重要な交易路を抑えるナバテア文明の担い手として大きな力を持ちます」

「ペトラの主だね」

「そうです。このナバテアの人たちは、メソポタミアやエジプトやユダヤやローマを相手に立ち回り、ほぼ千年もの間独立主権を保ちました」

「すごいね」

「そうですね。ただこのサバ王国が古代文明の起源なのかと言われると、それはかなり難しいと思います。逆にインドを取り巻く古代世界がアラビア半島に築いた拠点というくらいの理解のほうがいいと思います。エジプトやパレスチナの起源が何かと言われると、やはりちょっとわかりませんね。わからないことだらけですね。というか、わかるところだけつないで、その範囲で説明しようとするから、すべてが意味不明の『ほんとなのか』ということだらけになってしまうんですね」

「それを、科学の『権威というか神性』で通してしまうから、なんともこわいことになってしまう。科学も、まだまだとてもじゃないけど、自然とか物事の存在あるいは起源を探るには、信用を置き切れないね」

「たしかにそう思います。ぼくは一応研究室にいて、研究の畑に身を置いているんですけど、大山さんが言われることは、痛いほどよくわかります。でも、やはり古代の文明史は掘って出てきたものしか当てにできません。それも事実です」

「まあ、それはともかくとして、あの辺りの古代の文明の起源を考えるとき、どんなことを想定するとわかりやすくなるんだろう」

「そのことですね。インドのドラヴィダ古代文明のこともあるし、インド洋には、何かひとつ古陸があったほうが、説明がつきやすいと思いますね。それだとナイル上流の文明の起源も説明しやすいし、ずいぶん楽になります」

「そうだよね。何かないと、どうも変だ」

古代地中海世界

「それに地中海で、何とも気になるのが、いわゆるマルタ古陸」

「出たね。ギリシャには、ご存じポリス文明が栄えるわけだけど、これがある日突然出現するわけはないんで、必ず何かを発展させている、あるいは何かをなぞっているはずだ」

「アテネを中心とするポリス文明は、発掘資料などからの類推で、一応次のように理解されています」


アテネ付近では、前四～五〇〇〇年くらいから人が住んでいた形跡がある。それを先住民として、アカイア人の一部であるイオニア人が前二〇〇〇年ごろバルカン半島を南下し、ペロポネソス半島一帯、ギリシャ中部や小アジア北西部に定住したとされる。そのあとアテネをはじめとするポリスは、前一五〇〇年頃、エーゲ海の南に展開していたクレタ島などのミノア文明を滅ぼし、それから多くを吸収する形で発展を遂げる。

当初この地域はミノア文明圏の北方の辺境地だったと想像されるが、その優れた鉄器文化と相まって、前九〇〇年以降のアテネが、この地域の繁栄や交易の先進地であったことが明らかになっている。その頃の様子はホメロスなどの神話物語からもうかがい知ることができる。

そして前六〇〇年頃、アテネはスパルタと並んでポリス国家の最盛期を迎えるが、やがて軍事的に優位なマケドニアなどの侵入を許し、崩壊してゆく。その後ずっと、この地域全体の停滞が続き、やがて西に勃興したローマに隷属する。しかし、プラトンが設立したアカデメイアなどが文化・学問の中心であり続けたため、西洋文明の揺りかごとして認められるに至っている。

「まあ、そういうことだよな」

「まず、ヒッタイトで発明されたといわれる鉄器を何らかの形で取り入れて、それを発達させることで強力な武器と生活インフラを手に入れた。これは大きいですね。そして市民階級が出現した。その人たちが知の集積を作り上げます。たぶん全住民の何パーセントでしかないと思うんですが、随分優雅にやっています」

「それにしても、イオニア人って、バルカン半島を南下したってことは、それ以前にルーツとされる南ロシアを発して黒海をぐるりと北から西に回りながら降りてきていたということか」

「黒海の東から南岸回りだと、アナトリア半島にはセム系などの強力な人たちがいたのだから、きついでしょうね」

「その出自が、ペルシャ的ではない独特のギリシャ色と神話体系を創ったのかな。あきらかにバビロニアなどとは違うもんな。父系の全能神ゼウスとか。何となく北方系の匂いがする」

「黒海沿岸は、おもしろいですよね。じつは、黒海こそ地の中の海つまり地中海なんですけど、ほとんど何も分かっていません。特に北方と西方は謎のままです。ロシアとバルカンを育んだ地域なんですけどね。それは古代ギリシャ世界につながっているはずです」

「なるほど。すると、アテネ開拓のルーツは、黒海を北から回ってきた流れかもしれないんだね。ヒッタイトも北から下りてきた可能性がありそうだから、ひょっとすると同根かもね。インフラと武力に関してはヒッタイト流の鉄器を取り入れて、社会・文化的には、クレタなどのミノア文明からいろんな要素を取り入れたのが、古代ギリシャの世界だと」

「そうですね。ミノア文明からいろんなものを取り入れています。ミノアにはおおらかさというか明るさがあります。ミノアの宮殿は外に開かれていて、とても開放的だといいます。これも取り入れてるんでしょうね」

「ところで、クレタのミノア文明って、何を継承しているんだい」

「謎です。地理的にはエーゲ海の南に位置して、そのすぐ南には強大なエジプトがあるわけですから、その出張所とも見えるし、エジプトの奥のスーダンの辺りにいたヌビア族が、ナイルを迂回してアフリカの中央から地中海に出てきたのかもしれません。アフリカの内陸にも交易路はあったわけですからね。ほかにはパレスチナからも近いし、西には例のマルタもあります」

「マルタ古陸。これはやはり気になるね」

「そうです。ミノア文明の明るさは、何となく伝え聞く古代マルタ文明を想起させます」

「なるほど」

「マルタ古陸に存在した可能性を指摘されている古代マルタ文明は、おおよそ次のように説明されています」

マルタ古陸

前三～五〇〇〇年に地中海に存在したとされる陸地。

マルタ古陸については、多くの著作家が触れているので、無視しにくい。たぶん存在はしたのだろうが、どの程度のものだったのかについては、さまざまな議論がある。プラトンが「一晩のうちに沈んだ」と記しているアトランティスが、それに当たるのかどうかも議論のあるところ。プラトンは、アトランティスは「ヘラクレスの門」つまりジブラルタル海峡の外にあると説明している。

いずれにしても、このマルタ古陸、古代地中海に展開した文明の母体になっていることは間違いない。ひとつの可能性としてマルタ古陸そのものはそんなに広い陸地ではなかったが、一種の海洋センターのようなもので、そこから海洋民族が全地球規模に展開しており、南米や古代ケルト圏など多くの巨石文明圏とつながっていたと考えられる。

ただ、ほとんどが平地だったので、大きな地震による津波か何かで壊滅してしまった。地中海に沈んだ後、その末裔が前一〇〇〇年ごろからエーゲ海南部やサルジーニャ島（ヌメーバ文明）とエトルリア（現イタリアの中部）に文明圏を確立した。いわゆるヌメア文明圏である。ローマ帝国内に先住する民族として知られる。一夫一妻制で女性が男性と同等の力を持ち、大地母神を祀るなどの特徴を持つ。

地震のあと洋上に残ったこの流れをくむ人たちが中心となって、多様な人たちの集団とされる「海の民」が成立したと思われる。

「あまり確証のない話だろうけど、存在したとすれば、たしかに、ミノア文明の雰囲気に近いね。ペルシャ系とは明らかに違う。イタリア人気質がそれを受け継いでいるのかな」

「サルジーニャ島とエトルリアは、より古風な形を守っていましたが、一時海洋民族フェニキアに攻められ弱体化します。しかし、ローマがフェニキアを滅ぼし、現在の西洋文明の基礎を作ることになります。でも、ローマとフェニキアは同根の可能性があるし、おもしろいですね」

「なるほど。でも、その古代マルタ文明もひとりでに生まれてきたわけじゃないんだろうね」

「それ以前は、ちょっとわかりません。案外エジプトの別働隊だったのかもしれないし。ヌメアとヌビア、音が微妙に重なるのも気になります」

「なるほど。でもやはりわからないことだらけだね」

「その通りです。フェニキアにしてもカナンの辺りにいた民族のはずなのに、地中海の西側に一大勢力を作って、カルタゴとか、いつの間にか大海洋民族としての風格を備えてしまう。何かが入り込んだはずなんです」

「海洋民族としては、現在まったく予想されてもいないような存在もあるのかもしれないね。深いフィヨルドの奥とか北方系のね。古代ケルトを生んだ辺りとかフランスの丘陵地帯とかドイツの黒く深い森とか、文明の孵化装置はいくらでもあったはずだ」

「そうですね。彼らは頑強な遺跡は残さなかったでしょうからね。何というか、様式しか残さなかったはずですから、現在の文化のなかにその痕跡を探す以外、私たちがそれに近づく道はありません。祈りの形とか食事や住居や生活全般のなかにね」

「いずれにしても、東地中海のこの地域ってね、現在は中東との境、辺境地のように見えてるけど、まぎれもなく現在につながる文化創生の舞台だったわけだよ。ただすぐ隣のパレスチナからシナイ半島には、大地母神に完全に背を向けた特異なユダヤの文明が起きようとしていた」

「ユダヤ発のものも、たしかに現代の世界を強く覆う要素ですよね。ただその文明的な出自は謎です」

「そうだね。文明というかどうかはともかくとして、少なくとも、それまであの地域も含めて広く共有されていた宗教感覚とは相容れないものだと思う。なぜ、何の必要があって、ユダヤ的なものは生まれたのか。それはまたよく考えてみたいな」

「それにしても芸術品とか目に見えるものだけに注目しても、エジプトもギリシャも、完全に現在につながる文化の孵化装置ですよね。クレタなどの信じられないほど完成度の高い彫刻をみていると、現在までの美的感覚の道程は劣化の一途をたどっていると思えなくもないですもんね。多くの著述家が触れている幻の合金オリハルコンにしても」

「オリハルコンって、地中海で実在が取り沙汰されているやつだよね。あれはいったい何なんだ。私たちには、じつはあの辺りに何があったのか、まったく何も分かってないんじゃないのかと思うね」

「まあ、そう考えたほうが無難な気がします」

「出雲大社なんかも、それまで笑い話でしかなかった高層大神殿の心柱が発見されて、見方がすべてガラッと変わったわけだからね」

「そうです。文明史がすべて覆される可能性さえないわけではありません」

第三章　列島幻想

日本海

「話を日本・東アジアに移してもいいかな」

「そうしましょう」

「古代には、地球上のあちこちに、地中海のような環境が生まれていたんじゃないだろうか」

「そう考えるほうが合理的だろうと思います。日本の周りにそういう状況はなかったんでしょうか」

「いや、それは間違いなくあったと思う」

「そうですよね」

「前にも話したように、日本海がまさにそれだ。日本列島と朝鮮半島、そしてシベリア沿岸地域だ」

「気候も、もう少し温暖な時期が多かったんでしょうしね」

「その通り。もっと恐ろしく活発だったのではないのかな」

もう少し話したいけど用事があるので、と亮はそこまでで病院をあとにした。

津軽の曙光

次に小谷が大山の部屋を訪ねたとき、大山は先日亮と地中海や日本海について話したことを報告した。

「そうだ。日本海沿岸は古代には明らかに交易の中心だったんだ。特に北方はすごく活発だったと思うよ。津軽とかね」

小谷は熱を帯びた様子で、津軽を訪ねたときのことを大山に話して聞かせた。

三内丸山の遺跡をみてもわかるとおり、縄文期には日本最大級の集落群が存在した。これも三内丸山が発掘されるまでは、ただの笑い話だったのかもしれないが、今では疑う人はいない。三内丸山は、陸奥湾の一番奥にあるわけだけど、陸奥湾の両側にニョキッと突き出ている津軽と下北の二つの半島。これがおもしろい。

津軽半島は南の岩木山から角のように突き出ている。半島中央やや東側を南北に走る山地を境にして、西側は日本海までなだらかに平地が広がっていて、その北部には十三湖が広がっている。そして岩木山がどこからでも望める。古代には、ここは夢のような大地だったのではないだろうか。逆に、山地の東側は、太宰治の文学でも有名な外ヶ浜で、海と山の間が比較的狭い。半島中央南の山裾には縄文の生ける神とでもいいたくなる神木〝十二本ヤス〟が鎮座している。

「ほう、縄文の生ける神ですか」

「そうだ。すごい威圧的な大木ではないんだけどね。とにかく生命があふれている感じがしてみずみずしいんだ。それに、ヤスは海で使うものだろ。木の形が十二本のヤスにそっくりなんだ。十二は神聖な数だ。海と山の融合が象徴されてる。これぞ縄文と思ったんだ」

「なるほど」

「それに下北半島もね。いまでこそ恐山って死後の世界を思わせる怖いイメージがあるけど、古代あの辺りはもっと生命の息吹を感じさせる、明るい土地柄だったんじゃないかなと思うんだ。おおらかなね。死後の国というイメージは近世以後か比較的最近なのではと思うね」

「津軽海峡を挟んで、対岸は北海道になりますよね」

「そうだね。この地形で、津軽が古代にシベリア大陸北東部との交易の拠点にならないはずがないだろう。南の対馬海峡と北の津軽海峡、これが古代日本の外の世界との最大の交流拠点だったと考えるほうが合理的だ。しかもね、また何かの機会に話したいけど、その時代は北のほうが人種の先進性が高かった可能性が大きいんだ」

「ほう、そうなんですか」

「とにかく活発な交易が行なわれていたのは、ほぼ間違いないんだけどね。その港湾としての拠点はどこにあったと思う」

「どこでしょう」

「津軽十三湊（とさみなと）だよ。陸奥湾や下北半島は岩壁の海岸が多くて、当時の船の作りでは出入りが厳しかったと思う。十三湊には実際に足を運んでみたんだ」

津軽半島北部の巨大な潟湖（せきこ）といっても差し支えない十三湖の日本海への流入部に十三湊は位置する。小型の船が波をよけながら停泊するにはもってこいの場所である。出雲の宍道湖（しんじこ）や中海（なかうみ）もそのような場所だったと思える。古代の姿は知られていないが、湖には多くの漁船や交易船が浮かんでいたのだろう。

　この地は十三世紀まで平安末期の奥州十二年戦争（前九年、後三年）でも、その後の奥州藤原最盛期にも（マルコポーロが見聞した「黄金の国ジパング」はこの頃の東北を指すのではないのか）まったく歴史にその名があがらない。十三湊が日本正史に登場するのは十三世紀後半くらいから。安藤（東）氏のもと十四〜十五世紀の鎌倉・室町時代にかけて、その港湾都市としての最盛期を迎え、西の博多と並んで日本最大の交易拠点となる。

　それまでつねに正史の外枠で活動しているわけだが、十三世紀になって突如こんな拠点が出現するはずはない。博多が大陸との長い付き合いの窓口になっていたように、十三湊も北方あるいは大陸など巨大な交易相手との長い付き合いがあっての隆盛だったに違いない。その後陸奥の南部氏との闘争に敗れ安藤氏は北海道に逃れたとある。そして、十三湊はしだいに衰退し、いつしか忘れ去られる。

　これが公式に知られる歴史だが、安藤氏は、古事記の時代のナガスネヒコの子孫ともいわれる。ナガスネヒコは、秋田物部の祖ニギハヤヒとともに、古事記の時代の東北の雄として知られる。

「発掘された中世十三湊の遺構に、それら古代の痕跡がないかと注目してみたんだ。しかし、古地図で宗教施設とされる場所は、現在はコンクリートで固められた波止場になっていて、何も残されてはいなかった。でもそのすぐ北に浮かぶ『中の島』はずいぶん気になったね。いまは資料館やキャンプサイトがあるくらいだけど、長い橋を渡ってその島に足を踏み入れた瞬間ハッとする空気を感じた。ここは琵琶湖の竹生島のような特別な宗教的な場所ではないのかとね。十三湖のすぐ北にはいわゆる靄山ピラミッドが鎮座しているしね。私の脳裏に宿る幻の痕跡をかぎわけることはできなかったけど、かつて、ここには古事記のもっとはるか昔から、縄文の神と北方アジア最大級の海運・水軍拠点が存在していたんだなとはっきり感じられた」

「すごいところなんですね」

「そうだよ。一般にはあまり知られていないようだけどね。中世には南方にも進出したらしい。それに安藤氏は、南部氏との戦いに敗れて、北海道に逃げ延びたとあるから、以前から北海道の民族とも関係があったんだろうね。関係のないところに逃げることはできない」

「なるほど。そう考えていくと、少しずつこの日本の成り立ちが見えてきますね」

縄文人の道

「故郷とか起源とか言いますけど、私たちのいるこの土地つまり日本列島には、いつ頃からどのような形で、人が住み始めたんでしょうね」

「興味深いところだね。溝口優司『アフリカで誕生した人類が日本人になるまで』によると、次のように言われてるよね」

十数万年前にアフリカで生まれて現人類に直接つながるホモ・サピエンスは、遅くとも四万年前くらいには現在の東南アジアにあったスンダランドに到達した。さらに四～三万年前ごろまでに、南のオーストラリアに達する一方、大陸を海岸沿いに北上・東進した。その後日本列島に到達して、縄文人の祖先になったと推定されている。

縄文時代は、紀元前一万四〇〇〇年ごろに始まり、紀元前一〇〇〇年に弥生時代に移った。土器の形式によって、～紀元前一万年（草創期）、～紀元前五〇〇〇年（早期）、～紀元前三五〇〇年（前期）、～紀元前二五〇〇年（中期）、～紀元前一三〇〇年（後期）、～紀元前一〇〇〇年（晩期）に分かれる。

縄文人の祖先が日本にやってきた年代を発掘されたものでみると、琉球諸島へは四万～三万六千年前、本州には二万三千～二万年前だが、北海道では八千～六千年前とかなり遅い。琉球諸島は約二十万年前から一万八千年前まで台湾を含む細長い陸橋で大陸と繋がっていたので、早く到達できたといわれている。

「スンダランドを発したホモ・サピエンスが、二万年前くらいまでに本州付近に達して、それから縄文期がはじまるまで、しばらく時間があったということになるんですか」

「同じ種族の人たちがすでに住みついていたんだろうけど、縄文というのは独特の火焰、縄模様の土器が出始めてから後のことをいうから、その種族が縄文土器を造り始めるまでの時間を考えると、そのくらいのずれはあるだろうね。文化の醸成にかかった時間だね」

「それにしても、人々の移動って何千年単位のゆったりしたものだったんですね」

「まあ、それは仕方ないだろうね。いまみたいに移った先の環境が、ぱっとわかるわけじゃなかったんだからね」

「ですよね。行った先に食べ物がなければたちまち困るし、第一危険というか、自分たちが襲われる可能性の方が、いつも頭にあったんでしょうから」

「そう、必死で自分たちの領域を守り、安全を確認しながら生きていたはずだ。海を越えるなんていうのは、まずあり得なかったと思う。せいぜい日帰りで狩猟や漁のできる範囲が生活圏だったろうね。そのなかでも海で漁をする人たちは、比較的広範囲に活動していただろうと思う。勇猛だったろうし、いろんなことを経験したはずだ」

「海を越える場合は、偶然流されて、奇跡的にその先で生き延びたということですよね」

「そうだろうね。しかも、その先で子孫を残すというのは、やはり一千年単位の奇跡かもしれないな」

「なるほど。その果ての縄文期って紀元前一万四〇〇〇年くらいから紀元前一〇〇〇年くらいまでということですね」

「まあ、そうなるね」

「その後が弥生時代ですね」

「そうだね。弥生時代は、紀元前一〇〇〇年から紀元三〇〇年くらいまでになる。その後が古墳時代」

「縄文と弥生の端境期には、両方がかなり混じっていたんでしょうね」

「もちろん混じっているんだけどね。諸論はあるけど、縄文人と弥生人に連続性はなくて、まったく違う体格と出自、つまりかなり違う文化を持っていたといわれている」

「ほう」

「弥生人というのは、とてもおもしろいんだよ。溝口氏によるとこんな感じになる」

縄文と弥生

スンダランドから大陸沿いにシベリアに向かった人たちは、遅くとも二万年前ごろにはバイカル湖付近に達し、寒冷地適応を果たして、北方アジア人の特徴を獲得した。この集団はその後、南下・東進して、紀元前一〇〇〇年ごろまでには中国東北部、朝鮮半島、黄河流域、江南地域などに住み着いた。その人たちの一部が縄文時代の終わりごろ、おもに朝鮮半島経由で日本列島に拡散していって弥生人となる。


「縄文人とルーツが違うというか、日本列島に入ってきた経緯が違うんですね」

「そういうこと。連続していない。体格、顔つきから、耕作法など文化もね。ただ、耕作については少しややこしい。稲などの作物は南から入ってきたと考えるほうが合理的だからね。半島からの人たちが稲作を持ち込んだというのはちょっと違うだろうね。大陸の南つまり江南の辺りから伝来した漁労と稲作混合文化を、半島から渡ってきた人たちが整備したと考えるのがよさそうだね」

「なるほど。結局は、いわゆる弥生人が優位になっていったんでしょうね」

「そうだね、その弥生時代から古墳時代の端境期が、ヒミコから記紀の時代の始まりだよ。たぶんそのころには耕作地などもある程度測量されて、年貢的なもので統制もされていたんじゃないだろうか。遺跡からみるとそう考えたほうがよさそうだ」

「そして絶えず半島から流入してきた人たちがいた」

「そう。でもはじめは統制のとれた強大な国家が存在したわけではなさそうだから、絶えずそれらに影響を受けて、混交を繰り返したんだろうね。その最初の舞台はやはり九州のはずだ」

「ところで先ほどの話では、バイカル湖付近で寒冷地適応した集団は、さらに大陸伝いに北に上がり、ベーリング海峡からアラスカを越えて北アメリカに入っていったということになっているんですよね」

「まあ、そういう説明がされている」

「だとすれば、当然アラスカに向かわずに、カムチャッカ半島から島伝いに北海道に渡った集団や、あるいは少し距離があるけど、シベリア極東から北海道に直接渡った集団もあるんでしょうね」

「もちろん。そして、その集団は、朝鮮半島に下りてきたのと同じタイミングで、日本北方つまり北海道あるいは津軽辺りに渡ってきているはずだから、朝鮮半島でしばらく熟成してから南回りで日本に渡ってきた集団より生活状態も原初的だし、列島にはかなり先行して住み着いたことになると思う」

「その人たちは、北日本で先住していた縄文人と混じりながら暮らしたんでしょうね」

「そうだね。逆にそのころ太平洋側を中心に北上して北海道や北日本にいた縄文人の集団は、一番進化した人たちだったろうから、北方から南下してきた弥生系に、一方的にやられたということはないと思う。どちらかといえば、もっとも発達した縄文人と原初的な弥生人が混交したんだから、すごくバランスのいい文化が展開したんじゃないだろうか」

「そうですよね。私もそう思います」

「後になって、西日本で展開する縄文人と弥生人の混交は、弥生人の生活文化が圧倒的に発達していたんだろうから、目の前のものをとって食べるだけの原初の縄文人は、『鬼』となって人里離れた場所で暮らすしかなかったんじゃないかな。悲しいことに、やがて『退治』される。そこに行くと北日本の姿は、狩猟と耕作が大胆に融合した、ゆったりしたものではなかったのかなあ」

「三内丸山の集落など見ていると、かなり組織だった機能を持つ集団だったんだろうなと思いますね」

「まさに。さっきの話のように、北海道、青森辺りは、やはり縄文的な勢力がすごく強かったんじゃないかと思うんだよ。比較的新しい縄文人だから機能的にも発達していたと思うしね」

「たぶんそうでしょうね」

「でも、その後大陸からの集団は、いろんな方向からいろんな形で繰り返し列島に上陸してくる。しかもね。この時代には、もっと西の地方からも集団が流れてきた可能性がある。コーカサス辺りからもね」

そう言葉を継いだところで、小谷はキリトが最近繰りかえし見るという夢を思い浮かべた。

海を渡るもの

十字架のイカダに乗ったキリトの行く先に、海峡の南側で火を噴く高い山と深い入り江と大きな潟湖をもつ陸地が見えてきた。「お、陸が見えた」と喜んでいると、まもなく無数の船が陸地からこぎ寄せてくる。なかには、見たこともない大きな竜骨をもつ軍船と思しきものもある。それらがすべてキリトの周りに集まってくる。

「なんだろう」とキリトが不審に思っていると、ひとりの若い男が進みでた。

「私の名はナガスネ。西から新しい神がくるという知らせを受けたので、挨拶に来た」

「私は新しい神なのか」

「そう、あなたも新しい神だ」

「私も？　新しい神」

「あなたと同じく、私も神だ。私のなかでは、私は神だ」

「言っていることがよくわからないが」

「ここでは、一本一本の木、一つ一つの岩がすべて神だ。少し住んでみれば、そのことがよくわかる」

「なるほど、ここはすでに神の国なのだな」

キリトはそう心得て、男の案内にしたがい、広い潟湖に浮かぶ小さな島のほとりに乗ってきた十字架をつけた。湖からは頂上がわずかにドーム状になった円錐形の美しい山が望め、その左手奥には火を噴き続ける巨大な山塊が横たわっていた。

「あの山々は何と呼ばれているのか」

キリトは問うた。

「右のが『岩木の山』、左奥のが『大十和田の火山』だ」

この十和田火山から北の深い入り江に落ちる山のふもとに、当時その陸地全体でもっと大きな集落が存在し、後に三内丸山の大集落として掘り出される。

キリトはナガスネに問いかけた。

「さっき見たこともない、すごく大きな船がいたけど、あれでどこまで行くんだい」

「あの船に乗って、ずっと南の、島がたくさんあるとても暑い場所まで行く。瑠璃色(るりいろ)に輝くその場所は、私たちの祖先が住まったところだという」

キリトはうなずいた。

「それにしても、ここは美しい国だな。神のしるしにあふれている」

「私たちに生命の息吹を与えてくれる神の木に案内しよう」

「それはぜひ案内してほしい」

ナガスネは津軽の山中奥深くにある一本の大木の前にキリトを案内した。

「私が十二本ヤスだ」

キリトは息をのんだ。十二本のヤスの形をしたその大木は、そっといつくしむようにキリトに話しかけた。

「あなたがキリトか。よく来た。私は、あなたをずっと前から知っている」

キリトも自分がこの木に抱かれた覚えがあることをすぐに自覚した。

「私もあなたのことを思い出しました」

やがてキリトは、その世界に溶け込んだ。

「たしかに、ここはいかにも神の国だ。ウマヤドは、この列島の別の場所で、『律令に基づく神の国を造る』と言っていたが、いったい何をしようというのだろう」

キリトにふっと不安がよぎった。キリトはこの地でしばらく生き、十和田の新座(にいざ)に埋葬された。この少しあと、キリトとウマヤドの子孫は不幸な形で相まみえることになる。紀元九〇〇年頃、十和田火山がこの列島の史上最も激しい噴火をおこし、噴火口に大きな湖が出現して、その地の様相はすっかり変わってしまう。

弥生から記紀へ

小谷は一瞬ボーッと意識が遠のく感じがした。

「先生、大丈夫ですか」

大山が笑いながら小谷の顔を覗き込んでいる。小谷が急に何かを思い出すときはいつもこんな調子なので、大山も心得ている。

「ああ、ちょっとね。先を続けてくれていいよ」

「そうですよね。それが弥生から古墳前期くらいまでの日本の姿なんでしょうね」

「その流れと、アマテラスやスサノオ、オオクニヌシ、ニギハヤヒ、サルタヒコなど初期の記紀神話時代の登場人物がどう結びついているのかはとても興味があるね」

「興味深いですね」

「そう、そのなだらかにつながった集団をそれなりにまとめていたのが、天皇家の前の日本の支配者ニギハヤヒだったのではないかと思う。たぶん海人族（あまぞく）アヅミ系の代表者としてね。アヅミ族は日本海側にも太平洋側にも内陸にも幅広く存在していた」

「ジンムが大和に進攻してきたとき、その支配権を譲ったというニギハヤヒですね」

「そうだ。大和ではニギハヤヒがジンムに国を譲るという一種の政変劇が起きたんだけど、全国のニギハヤヒ系がすぐにそれに従ったわけでもないだろうから、ヤマトタケルの物語が出てきたりしたわけだよ」

「まあ、たぶんそんな感じなんでしょうね」

「そこで気になるのが……」

「熊野や出雲や各地の安曇とニギハヤヒですね」

「そういうことだね。出雲と安曇はほぼ同族といっていいくらい近かったんじゃないだろうか。大和勢力から国譲りを強いられたとき、出雲は安曇の地に逃げているからね」

「でも、その集団はどういう人たちだったんでしょうか」

「アヅミっていう一族はたぶん、大陸でも江南のほうから渡ってきた半農半漁の民だったんだと思う。その一族が弥生期から古墳期の日本を造り上げたことは間違いなさそうだけどね」

「それがニギハヤヒの一族だったんでしょうか」

「まあ、代表というか、大きな意味ではそうなるんだろうね。そのあとから来る北方系を感じさせる集団とは少し違う気がするんだ」

「なんともね。いろんな読み方がありそうだね」

熊野のデルフォイ

二人はまた熊野について語り始めるのだが、小谷はおさらいよろしくもう一度、古神殿での夢想から話し始めた。小谷が安寧のうちにすべての緊張を解き放つ場所「あなぐら」。それにそっくりの雰囲気を持つ「その場所」。東方病院の庭の茂みに隠れるものにも似る「その場所」。

「古神殿の『その場所』ってマイナーな場所でね。観光パンフレットなんかにはまったく載ってない。でも、これが熊野の『意味』を象徴するスポットなのかもしれない。そう思うんだ。地名からして『古神殿』とただごとじゃないもんな」

「ほう」

「なんというのかな。『古神殿』って地名が第一、少しギリシャのアクロポリスみたいなのを連想させるんだけど、アテネ郊外の託宣の地デルフォイを想起させる」

「おもしろいですね。何の託宣なんですか」

「古神殿は新宮の東側、七里御浜にあたるんだけど、ここはね、ジンムがさんざん苦労して上陸を果たした場所として知られるんだ」

「そうでしたね。難波(なにわ)沖で大敗を食らって、命からがら熊野に回ったというやつですね」

「そうだ。だからね、ジンムもあの『子宮』のなかでくつろぎ、そのまどろみの中で託宣を受けたのではないか。『進め』とね。すぐ隣の神内神社は神武御社となっている」

「なるほど。『その場所』でね。そのころ熊野にはニギハヤヒの一派がいたわけですね」

ニギハヤヒ

「そうだ。日本の古代を表した書きものとして、記紀の他に『先代旧事本紀(せんだいくじほんぎ)』という書があり、かっては三大古典と言われていた。次のようなことではないかと思う」

『先代』によると、ニギハヤヒは天照大神の孫とはっきり書かれている。ニギハヤヒは、大和を中心に、当時の日本を支配していた。というか、連合の長の位置に立っていたというべきかな。三種の神器よりはるかに強力といわれる十種の神宝を携えてね。その勢力は熊野にも及んでいた。また大和では、以前からの支配者で、出自の違うナガスネヒコ（北方縄文系か古い弥生系あるいはその混交）と協定を結び共存していた。出雲のオオクニヌシは同族と思えるが、その出自は微妙。

ニギハヤヒの同族内の内紛、あるいはバランスの崩れを利用する形で、ジンムがニギハヤヒの一族であるタカクラジ（高倉下）の助けを受けて熊野からの上陸を果たし、大和に進んだのではないかと思える。大和に進んだ後、ニギハヤヒとジンムの子孫に力関係の逆転が生じた。ただ、その後もニギハヤヒは物部となり、天皇家最大の庇護者つまりパトロンであり続けた。

「ニギハヤヒとジンムの間に何らかの密約があったと思うんだ。それが熊野牛王符（ごおうふ）として表れているんじゃないかとね。あれはニギハヤヒが天孫に逆らわないと誓ったものとなっているけど、じつは逆の意味もあって、天孫がニギハヤヒに何かを誓った印なのではないのかな」

「なるほど」

「なぜか『牛』だけどね。ジンムを大和に導いたのは『カラス』。天と地を自由に行きかう『とり』」

「意味深ですね」

「それにね、『先代』のように、ニギハヤヒはヒミコの直系だ、とはっきり書いている本の存在。それを無視するのは難しいだろう」

「ほう。ヒミコってアマテラスのモデルとも言われるんですよね」

「そうだ。ヒミコは大和の辺りにいた可能性が強い。どちらにしても、タカクラジは何らかの策略的な意味合いで、例えば他のニギハヤヒ系への対抗手段とかね、ジンムを受け入れ、大和へ導いた」

「大和ではニギハヤヒは、ジンムとほとんど争ってはいないですもんね」

「そうだ、不思議なことにね」

「もう一歩の雄、ナガスネヒコは、何かとジンムに抵抗し、結局滅ぼされてしまっている」

「ナガスネヒコとニギハヤヒは、ルーツが違うんでしょうか」

「想像だけど、ナガスネヒコはもっと純粋に縄文系だったんじゃないのだろうか」

「なるほど」

「だからナナガスネヒコは大和で敗れた後、津軽に退いて、そこで勢力を張っている。そんなことは同族の庇護者でもいない限り無理だ」

「なるほど。それが津軽十三湊の勢力につながるわけですね」

「まあ、そういうことだろうね」

熊野の大地母神

「そして、熊野を象徴しているのはイザナミだったり、アマテラスだったり、やはり母性ではないのかなあと」

「なるほど」

「それほどくまなく歩いているわけでもないんだけどね。熊野って、ゴトビキ岩など大きな岩がやたら目につくんだけど、基本的に母性が支配している場所なんだよ。私がざっと歩いただけでも、それは強く感じた」

「例えば？」

「那智の滝、大斎原、花の窟、そして問題の古神殿と神内神社」

「どれも表面は、岩壁から流れおちる巨大な滝だったり、大きな岩なんだけどね」

「それが？」

「つまり、那智の滝は巨大な女陰に思えるし、大斎原も、下流からみると、その茂みは女性の陰部と陰毛に見える」

「ひどい妄想ですね」

「決定的だったのが、その古神殿の聖所さ。本当に不思議だった。等身大の勾玉型の左右の石柱に挟まれた空間にたたずんでいると、子宮の中にいるような安らかな気分になった」

「まあ、それは何度も聞きました」

「それにね。天皇家に絡めて言えば、大斎原もちょっとすごいね」

「どういうことでしょう」

「公式にも本宮が置かれ、熊野で一番大切なところってことになっているんだけどね。大地母神の聖地だ。なんというかどう見ても母なる大神が支配しているんだよ」

「へえ」

「日本の古代から国家形成のあたりにかかわる時期の母なる聖地」

「ほう、すごいですね」

「そう、だから当然天皇家の大寝所、託宣の場という雰囲気も持つ」

「どういうところで、それが感じられるんですか」

熊野大斎原

「私には、熊野で最もすごいところは、熊野川の中州にある大斎原に思えた。これは強烈な母性を象徴する場所なんだよ。植島啓司氏も『ここは天皇家の大寝所ではないのか』と唱えている。つまり大地母神に抱かれながら神託をうける場所だとね。私もそんな気がした」

「ほう。大胆な仮説にも聞こえますけど」

小谷は夢見るようにさらに話を続けた。

大斎原では、熊野川と音無川の合流地点に日本最大の大鳥居が鎮座する。黒々とした大鳥居。しかも鳥居の奥のかつて神殿があった旧社地の両脇は急流に洗われている。以前は、神殿に詣でるにはその流れを徒歩で渡らねばならなかった。

「なんだ、ここは一体？」

大きな衝撃を受けた場所。聖域熊野にあって、永らく（百年ほど前までの二千年間）本宮のおかれたところ。熊野川を遡行していくと、やけに河原の広い川だなと感じるが、中流域のはずなのに一段と河原が広くなるあたりにそれは姿を現す。

岩石スポットが林立する熊野で、なぜ「本宮」が川の真ん中（中洲）に建ってるんだ？　一八八九年の大水害で流失し、その後本宮は近くの小高い今の本宮の場に移されたとのことだが、この地勢、多雨の気候をかんがえれば、百年に一回くらいは流されていたのではないのか（他のところは大雨でも不思議にここだけは降らなかったという伝説がある）。何度流されても、ここに本宮を建てなければならない大きな理由があったのだろう。

平安後期の院政期（白河・鳥羽・後白河・後鳥羽）に、この場所を目指す上皇の熊野御幸が、異様な頻度で続いたことからも、尋常でない何かが感じられる。そして、それが中世以降の、補陀落渡海、蟻の熊野詣、熊野比丘尼、熊野聖など、この地の天皇家をも巻き込む浄土的なイメージにつながってゆく。

第四章　旅の意味

小谷の旅

「ところで、先生はこのごろ、あちこち出かけられてるようですけど、何か思うところがあるんですか。これまでの日本の起源の話も、旅がらみのところが多い気がしますが」

「とくに思うところということでもないんだけどね。起源と関係なくもないかな。日本の起源とは少し大げさだけど、自分って、なぜこうなっているのか、自分を創ってるものって何なんだろう、みたいなことには少し興味が出てきてね」

「ほう」

「そうすると、いくらか、この国の成り立ちみたいなものを探ってみたくなる。だから、大山さんと話すときなんかは、まあ、必然的に自分が歩いたところに引き付けて、話を作ってしまうよね」

「そうでしょうね」

「私は学生のころ、ワンゲルをやっていて、日本中あちこち歩いたんだけどね」

「へえ、それを追体験してる、トレースしてるみたいな感じなんですか」

「ちょっと違うな」

小谷は少し考えた。

「若いときは、もっともっと『自分って何なんだ』みたいな内向きの自問自答を繰り返しながら歩いていたんだ。いま考えるとね。歩くところは別にどこでもよかったんだね。特に日本の起源について探ってやろうと思いつめてたわけじゃないから。いわゆる聖地巡りをやってたわけでもないしな。景色のいいところとか、何かがあるところじゃなくてもね。何かがある必要はなかった」

「無心に歩いていた、ということですか」

「そうだね。むしろ何もない長い道なんかのほうが都合がよかった。自分自身の夢想にたっぷり浸れるからね。でも、そんな感じで歩きながら、ときどきビシッと目に焼きつくところはやはりあったね」

「それはたしかにこころに残るでしょうね。青年が自分の内景を探ってたみたいな。内景と外景がピタッと張り合わさったようなところはやはり強烈に記憶に残りますもんね。一方、年をとって最近歩いているのはパワースポットというか聖地ということになるんですか」

「いや、やはりそういうことじゃない気がする。人がパワースポットだというから行ってみよう、じゃないんだよ。やはりあくまで自分なんだよ。『自分のいるところ』はどんな場所なんだ、という感覚かな」

「なるほど。自分自身じゃなくて、自分がいる場所を問うてるんですか。少し意識が外に開いたんですかね」

「なるほど。うまいことを言うね。そうかもしれない。そんな感じだな、昔と違ってね。自分が立っているところ、暮らしているところ。そう、自分のいるところって、どんなところなんだってことだよ。〝あなぐら〟を思わせるところには特に敏感になる。そうだね。結局自分の居場所にすごくこだわるんだろうね」

「なるほどね」

自分のいるところ

「それでね。自分がいまいるところって、どんなふうに成り立ってきたんだ、というのがすごく気になるわけよ。必然的に」

「なるほど」

「年をとってくると、誰でも少しそんな感覚を持つのかもしれないけどね。土に還る時期が近づいてくるわけだしね。こころも身体も」

「自分が還る故郷（ふるさと）さがし、ですか」

「いや、その場所を探してるんじゃないね。その場所の意味を探っているのかな。自分がいるところはここに決まってるわけよ。その『ここ』が具体的な土地である故郷と感じる人もあるだろうけど、それはたぶん人によるよね。例えば、生涯ずっと山陰なら山陰、東京の下町なら江戸っ子、あるいはナニワもんとかね。そちらのほうが普通だと思うけど、私は子どものころからあちこちしてるせいかもしれないけど、なんとなく『自分のいるところ』として意識できるのは『日本』だね。世界中をうろうろしている人は、もっと広いのかもしれない。『地球』とか」

「なるほど。先生のふるさとは『日本』なんですね」

「あらためてそう言われると、やはりちょっと変な気もするけど。大山さん、あんたはそんなことを考えることはないのか」

「ふるさとですか。私は、先生よりずっと以前からそんな感覚に近いところにいますけどね。まあ、私の場合は、住居のごく近くの大山近辺になりますかね。でも、それに対する思いは深いです。先生のほうが、遅まきながらそういう感覚に近づいてきたのかもしれませんね」

「そうかもしれないな」

「たぶんそうですよ」

「う〜ん。でもやはり難しいな。ふるさとって、やはりその土地・風情にものすごくからむ感覚だと思うんだけどね。やはり私はあちこちぴょんぴょんしすぎたのかもしれない。故郷という意味では、アイデンティティ・クライシスを起こしてしまっているのかもね。私の場合は、自分の居場所として〝あなぐら〟があって、いきなりそれとシンクロするところを探してしまう。自分にとっての聖地みたいな感覚かな。どうも、何を言ってるのかよくわからなくなるね」

「いや、なんとなくわかりますよ。やはり『聖地』でしょうか。故郷という言葉とは、少しずれるようですね」

地域に暮らす

「そうだね、故郷とはちょっと違うのかもしれない。私は出身が山陰で、いまもその地域の人たちの心身の相談に乗ったりしている。だから、自分自身は、それほど地域に根差している気はしないけど、地域に根差してやっている人たちの感覚もわからなくはない」

「そうでしたね」

「週の半分くらいはそちらで、農業に携わって土に接することを生業（なりわい）にしているお年寄りのお世話をたくさんしている」

「なるほどね」

「あの人たちは、本当に普通に土とともに生きている。私たち医者との付き合いも、特別なことを願うのではなく、人並みに痛いところや嫌なことを取り除きながら、人並みに生きられればよい、と思っている。でも、やはり便が出にくければ気になるし、痛いところがあれば何とかしてほしいし。そんなお年寄りたちの『小宇宙』につきあうのは、とても気持ちがいい作業なんだ。教えられることも多いしね。頭でっかちな自分にとっては、これまでで一番、土とたしかにつながっている、世間様の役に立っている、という感覚が強いかもしれない」

「そうですか。私なんかは、最初からまったくひと様の役には立っていないんですが、お医者さんも、役に立っていないって感覚がけっこう強いんでしょうか」

「医者もそれぞれで、考えようだろうけど、基本的に人体をいじる職人だからね。臨床から遠く離れると、そういう風に感じやすいと思うね。大学の研究室や講義をするのが中心だった時代は、根を切られたようで、かなりつらかった。少なくとも私にとっては、いま話した通りだね」

「なるほど」

「とくに田舎のお年寄りを相手にしていると、『治してやるぞ』とバリバリやってたころとはかなり感じが違っている。『バリバリ治してくれ』とは要求されないんだ。ほどよくあきらめているというのかな。自然だ。『それでいいんだなあ』と教えられる」

「なるほど、わかります。私の実家の辺りでも、昔からいる人たちは基本的にそうです」

「でも、そういう普通の、土や土とともに暮らす人たちは、それほど生産性を持たないからね」

「そうですね、本来的に土は、一粒千円のイチゴや一万円のメロンを作ったりするためにあるんじゃありません」

「そうだ。でも、生産性の低い農地はどんどん取り上げられている。農地の持つ意味は生産性じゃないと思うんだけどね。競争力を高めろだって? 違うと思うな。農地や田舎の持っている意味はそういうことじゃないと思うんだ。土の楽園から追い出されたお年寄りが、その代わりとして提供される介護のデイサービスなどに行ったりしてるんだよね」

「お年寄りは嫌がってますか」

「人によるけど、本音は、毎日畑に出て少しでも土といっしょにいたい、と思う人がほとんどだろうね。でも、ダブルスタンダードなんだよ。デイサービスにもいいところがあるし、提供されたものの間をうまく行き来しながら泳いでいる。そこはやはり強いんだ。都市にも多くの相いれないスタンダードがあるけど、田舎にもいろんなスタンダードがある。それをへたに一本化したり融合しようとすると、かえって息苦しい」

「なるほど。わかります。うまく巻かれながらやってますよね。それも土とともに生きる人たちの強さです」

「私がいる辺りは、かなり若い働き手の人たちがいるからね、といってもほとんど農業じゃなく、会社や役場勤めだけどね。いくらか若い人がいればお年寄りのサポートも大丈夫な気がする。お年寄りはうまくやっていける。基本的に日本の地方は土に恵まれているし、恐ろしく精密な水田システムが構築されている。水田は、田に水を引き込む作業にしても何にしても、システムが回らなくなるとどうしようもないから、ある程度集団が保てないとだめだし、中途半端は難しいけど、畑はぎりぎりまで手ひとつでできる。一人でやれる畑の楽しみは大きいだろうね」

「おばあちゃんたちの楽園ですね」

「そうだ。土のうえにちょこんと座ってね。一日中でもいられるみたいだね」

「なにか、うらやましいですね」

「その通りだ。少しでも若い人がいて、贅沢を言わなければ、ぎりぎり続けていくことはできる。でも、本当に若い人がいなくて、限界集落のようになっちゃうと、どうしようもないね」

「そういうところは多いですかね」

「少なくはないと思うけどね」

「それが広がってくると、やはりまずくないんでしょうか」

限界集落の意味

「いや、そもそもね、限界集落ができるような場所というのは、あまり人目に触れたくない人たちが外との交通を絶って、わざとぎりぎり自足できる状況を作り上げている土地なんだよ。宗教的な理由とか落人とかね。どう外の世界と隔絶しながら自活してゆけるか。それを問うてきたわけだから、限りなくしぶとく強い」

「なるほど。私のところも、そういう雰囲気がありますから、すごくわかります」

「そうだよ。だからキリシタン部落なんていうのは、公式の物の本に載るはずがないんだけど、たぶん、すごく根深く幅広く存在したと思う」

「それだと、たしかにだれにも頼らない、ぎりぎりの生活を続けざるを得ないですよね」

「そう。だから、そのスタンスを崩して、外からお客を呼ばなきゃいけないような状況では、基本的な感覚のずれが大きすぎて、やはりうまく成り立っていかないと思う。地方創生なんて言っても、観光や地元でとれたもので外から人を集めるなんていうのは、外との交通をあえて絶ってきた人たちにとっては、ものすごくストレスになる。あまりうまくいかないと思うな」

「わかります。でも、そういうことだと、結局、耕作地が放棄される地域が広がってきませんか」

「仕方がないのかな。たしかにそういう地域が、じりじりと広がってきてるだろうね」

「それはさすがにまずくないですか」

「少なくとも公的な補助金を当てにして再生を目指してもたいていは失敗するよね。補助金のシステムは、地域の事情に関係なく、国の都合で変わってしまうから、ほとんどの場合はしごを外される格好になるよね。あくまで自活を目指さないとね。そのスタンスつまり外からの人の出入りがあろうがなかろうが構わないということならね、耕作地が狭くなってきても、何とか土とともにやっていけるんじゃないだろうか」

「なるほど。でも、そこまで達観できるかな。たしかに補助金政策は危ういですけどね。田舎でも都会でも。高齢化政策もひどいと思いますが、あれがないとどうにもならないんじゃないでしょうか」

「でも、ある意味、田舎は高齢化率が、高止まりだけど、止まっている。ダブルスタンダードも含めて、パターンが固まってきてるから、シミュレーションが立てやすいよね。案外なんとかなりそうな気もする」

「そうですね。都会が嫌になった若い人たちがいくらか入ってきますしね」

日本のしぶとさ

「かえってきついのは都市部じゃないかな」

「私もそう思います。都市部には若い人たちも流入はしてきますが、前からいる大多数の住民がどんどん高齢化するから、結局高齢化率がものすごい勢いで上がりつつあります。それが今の日本の姿ですね」

「まあ、そういうことだな。人がどんどん増えて、どこかに渦巻きのようにその人たちが集まってどんどん大きくなっていくぞ、という高揚感がある時期はいいと思うんだけどね。祖霊の土地から根っこを切ってでてきた人たちの高揚感と不安感をなだめるために、心をいやす装置が必要になったりする。都市の孤独は深いからね。それが世界宗教の存在意義だ。ある程度普遍的な匂いを持つ世界宗教が必要になったりする。田舎に居続けるなら祖霊を祀るだけで十分だ」

「そこの境目はやはり大きいですね」

「世界宗教つまり仏教とかキリスト教とかね。これも開祖の思いはともかくとして、『これはコントロールに使えるんじゃないか』と、後世の人が形を整えていくんだよね。開祖を超人的な存在に祭り上げたりしてね。でも、それぞれ千年以上も多くの人たちの信仰を集めてきてるのだから、強い癒しの力を持ってるのはたしかだよね」

「その通りだと思います。お互いを非難しあうのは意味のないことだと思います」

「まあ、都市も、やれ行けそれ行けで求心力が働いているうちはいいけど、その機能が弱ってきて遠心力が働くようになると、かなりしんどいことになる。退廃が一気に進むことになってしまう。私がいる山陰なんていうのは、もともとの人口のパイが小さいからね。民族の大移動のように、どんどん若い人が入り込んでこなくても、わずかの人たちが流入、あるいは足を留めて残ってくれればいいんだ。周りにはとりあえず土があるし、何とかなりそうな気がするんだよね」

「『どうなるんだ』と、かまびすしく人口減少による危機を叫んでいる、ある年代以上の人たちそのものがいなくなって、人口構成がすっきりしてくれれば、それなりに自然と解決されそうな気もする」

「でも、選挙の合区じゃないけど、行政はそれでは済まされないでしょうね。やはり困るんじゃないですか」

「たしかにね。行政と決定的につながる選挙にしても、その地区の意見を反映させる人がいなくなると、その地域は置いてけぼりを食ってしまう。予算も取らなきゃ、何もできないしね。でも、市町村合併を進めていくと、その先にあるのは合県とかになってしまいそうだもんな」

「平等の意識をどこに置くかですよ。山村に暮らす一人ひとりの考えを大切にしろと言って、それを行政における一票に換算すると、大都市で暮らしている人たちは、『おれたちは十把一絡げなのか』とおもしろくないし、たいてい大都市の人たちのほうが、権利意識は高いですからね」

「難しい問題だな。さっきの話じゃないけど、もともと山村に暮らす人たちは、自分たちのことは別にかまってくれなくていい、というスタンスだったんだけど、いまや、山村でも生活様式は都市とあまり変わらないからな」

「それが日本の現状でしょうね。日本に限りませんが」

「自分の国だけなら、それでも何とかなると思うけどね。でも、周りに中国とか、ものすごい人口を抱えた国があるから、その人たちが押し寄せてくると、状況はちょっと楽観視できなくて、違ってくるのかもしれない。でも、日本って昔からそのパターンでやってたわけだから、しぶとくまた同化させて切りぬけてしまうと思うんだよね」

「たしかに」

「そんなことを見たり考えたりしているとね。自分がいる日本って結局何なんだ、と思うわけよ」

「つまりそれが先生の旅の意味なんですね」

「そういうことなのかもしれないな」

ダブルスタンダード

「周辺地域のしぶとさということでは、面白い本がある」

「へえ、どんな本なんですか」

「『呪医の末裔』といってね、日本のことじゃないんだけど、十九世紀末に生まれたある呪医とその子孫たち四世代の生き方をなぞる形で、二十世紀のケニアの社会がうまく描き出されている。以下のようなことだ」


物語は、母親から呪術を教わり、この地域で呪医として名をはせたオデニョから始まる。ビクトリア湖のほとり西ケニアは、元来、流浪・漂泊する多くの部族が交差する場所だった。古くからその地に居付いている部族というのは、西欧流の「民主主義」が流れ込んできた後に形作られた概念で、本来そのようなものは存在しない。ある地にしばらくいて耕作地を持っても、一族に悪いことが重なったり隣の部族から嫌がらせを受けたりしたら、わりと簡単にその地を放棄して別の土地に移る。もとの土地にはまた別の部族が流れ込んできて開墾を始める。マラゴリ人に属するオデニョの一家も、そのような形で十九世紀末に西ケニアの一角ケロンゴ村で暮らし始めた。

　そのころ、この地にイギリスが入植をはじめる。白人社会はまず現地の実力者に貢ぎ物をして力を借り、町の建設や物資の輸送のために鉄道敷設を始める。鉄道敷設とプランテーション用の人夫を確保するためには、人々の流れ、移動をシャットアウトする必要がある。そこに住む人たちに銃をちらつかせながら（したがえば発砲することはない）労働に駆り出してゆく。労働者には賃金を与える。そして巧妙に税金をかけて賃金に頼らざるを得ない生活を作り上げてゆく。まず住んでいる粗末なテントのような小屋に小屋税、反応が悪ければ人頭税。これで貨幣流通を促し賃金をもらって物を買う習慣をつけさせる。

　そのようにして白い都会が次第にあちこちに増えてくる。住民は貨幣という紙切れがニワトリや布など大事なものと換えられていくのに違和感を覚えるが、次第にその感覚に慣れてきてもっと貨幣が欲しくなる。それを提供してくれるものは兵役労働（武器は持たせてくれずコックやポーター）やプランテーションの労働や白人屋敷のサーバントなど都市労働や宗教団体などだ。さらに時代が下って、ＮＧＯや人権団体が多くなっても事情は同じ。いずれも金（職）をくれるだけのダブルスタンダードのあちら側の世界の話だ。村に帰れば一族の昔からのスタンダードな生活は保証されている。そのときの気分と事情で、あちら側のスタンダードとこちらのスタンダードの間を漂泊していればよかったのだ。特に若者にはそのような気楽さがあった。体力に自信のあるものはプランテーション、都市生活にあこがれるものは都市労働、読み書きの得意なものは宗教団体に。宗教団体も厳格な聖公会、ピューリタン系でフレンドリーなフレンズ会、軍服が着られて階級を上がっていく爽快感がある救世軍などいろんな選択肢がある。

そのようなダブルスタンダードがうまく機能する時代が十九世紀末にイギリス人の入植がはじまってから第二次大戦終了くらいまで続く。オデニョの子孫たちも都市と村を往復しながらさまざまな流れ方をする。驚くことに、有名な呪医であるオデニョ自身も人生の後半は呪医の仕事を捨てて聖公会のメンバーとして布教に尽くす。呪医というのは薬草の知識とかいわゆる民間医療の熟達者である半面、呪いを解いたり、逆に依頼によって呪いをかけ返すなどの役割を求められる。そういう苦しさから逃れたかったようでもある。とにかくそのくらいあちらとこちらを自由に行き来していた。第二次大戦時にはアフリカの民兵が組織されKAR（キングス・アフリカン・ライフルズ）としてインド洋の制海権防衛にあたり、ビルマ戦線では旧日本軍と相対することもあったようだ。しかし、両軍は交戦の機会はあってもほとんど撃ち合うことはなかったという。日本軍も撃ってこなかったし、あまりまじめに撃ち合う気がしなかったようだ。

それが大戦後独立の機運が高まり、独立を勝ち取って議会政治が始まると流れがまったく変わってくる。ダブルスタンダードのあちら側がなくなって、こちら側の人間があちら側も演じなければならなくなったため、距離が取りにくくなった。ダブルスタンダードが機能しなくなるのだ。

そのうえ白人社会のグローバルスタンダードが容赦なく押し寄せてくる。しかも議会の党派は部族単位（その合従連衡）で運営されるため、摩擦がより巨大化する。流れの止まったその社会は、巨大な権益を抱える一部の人たちと、圧倒的多数の食べていくのが難しい人たちに分かれる。権益者同士あるいは貧富の対立に外から武器が供与されると紛争地にもなる。

「なるほど。日本はかなり早くから農耕が定着した土地だから、直接の参考にはなりにくいかもしれないけど、とてもわかりやすいですね」

「そうだね。アフリカにしてもアジアにしてもアラブにしても、世界の多くの地域の近代から現代は、このようなことだったんだろうと思うよ。でも、この本の著者の松田素二さんの論調は『しなやかな愛』にあふれている気がするな」

「どういうことですか」

「まずグローバルスタンダードは止まらないことを前提にしてみている。これは文明の推進力だからね。『止まらない』ことについては、私もその通りだと思う。投資を中心にしたグローバルスタンダードは、文明を興し発展させてもいるけど、人間を滅びに導くかもしれない。そういう予感はあるんだけど、やはりこれは止まらないんだ。シオニズムによる都市中心原理を否定して正面からひっくり返そうという試みは大体失敗に終わる、というのも二十世紀が私たちに突きつけた答えでもあるよね」

「そういってしまっていいのかどうか迷いはありますが、結論はそうなりそうですね」

「そうだ。都市生活あるいは都市と農村の不平等を解消しようとする動き。共産主義もナチズムもその意味では同じだ。ただね。グローバルスタンダードの隙間を泳いだりつないだりする工夫は、誰にでもできるんだよ。松田さんはそのことを力説している。それが結果的にはグローバルスタンダードの進行速度を弱めることになるのかもしれないしね」

「何となくわかる話ではありますね」

「この本は他にもいろいろおもしろい視点を紹介してくれる。例えば、次のようなことだ」


イギリス人が入植してくるとき、真っ先に狙ったのは後にホワイトハイランドと呼ばれる、中央の気候がよく耕作にも適した土地。ここにはキクユ族という近隣では一番強い部族がいた。イギリス人がそれを追い出して使用人として使おうとするが、追い出された恨みと、もともとその辺りでは王者だった誇りもあり、あまりまじめな使用人ではなかった。そのうちキクユは使えないということになり、オデニョたち従順なマラゴリ族やほかの部族が珍重されてキクユ族の生活レベルはどんどん下がってゆく。しかし、これが逆にばねになって、独立運動では憎しみに燃えるキクユが中心となり独立を勝ち取る。もともと武勇の誉れ高い部族だ。ただ、そうなると今度はイギリス統治時代にいい目を見た他の部族への弾圧が強くなる。下手をすれば内戦の勃発だ。


「なるほど」

「それにこのあたりにはキクユ以外にもルオ、ヌビア、スワヒリ、マサイなどがいて、多くの民族の混交を極める中での漂泊が続いている」

「スーダンやウガンダ、エチオピアとも国境を越えてさまざまなインターアクションを繰り返していますね」

「そう、本来グローバルスタンダードが通用する地域じゃないわけでね。共和国なんて言っても、共和国っぽいのは首都のある区画だけで、あとはすべて別のスタンダードの下で毎日が過ぎているなんてのは当たり前の話でね。そこに西欧風の民主主義を持ってきて、何か意味があるのかという話ではあるね」

旅のかたち

「旅の意味はそれとして、旅のかたちはどんな風なんですか」

「たぶん少し変わってると思うな。その土地を感じるのは人それぞれ、その土地の食べ物だったり、人情だったり、あるいは史跡だったりすると思うんだけど、私はまずその土地の地勢を見てしまう」

「ほう。たしかに、ちょっと変わってますね」

「もともとワンゲルをやってたので、山の形や地形に敏感だってことはあるかもしれない。太古のまだ火山があちこちで噴煙を上げていて、狩猟しか生きるすべがなかった時代を想像して、その時代から、その土地の生活はどう変遷しているのかみたいな、ね」

「ナショ・ジオ的な見方ですね」

「まあ、そういうことになるのかな。でも、考えてごらん。そこの山がどのような性質を持っていて川がどんな流れ方をしているかは、その土地の生活にとって決定的な影響を持っているはずだよ」

「それはたしかにそうですよね。結局いまある形しかない、というくらい大きな影響があるはずですね。自然だなと思える土地というのはそんなふうにでき上がってるんだろうと思います」

「そうだろ。そういう目で見て、さっき『ふるさとは日本』なんて言っちゃったけど、日本の歴史が書き始められる前、つまり畿内を中心に日本の統治機構が固まってくる前の日本ってどうだったんだろう、ってことかな。この列島がまだ『日本』じゃなかった頃を透かして見たい、ということかな」

聖地

「先生のおっしゃること何となくわかりました。でも、どんなふうに成り立ってきたんだ、ということを知るには、どこを見ればいいんでしょう」

「やはり、とりあえず『聖地』といわれているところは参考にはなるね」

「たしかに、そうですよね」

「でも、聖地、聖地っていわれてるところを歩きまわっても、まあ、それだけじゃ仕方がないだろ。聖地巡りのツアーに参加するだけではね。それに第一、聖地って場所だけじゃないし、いわゆる『日本の聖地』が自分の成り立ちに関係しているかどうか、そういうものとしてピンと来るかどうかは、また別問題だもんな。また話を蒸し返してしまうけど」

「まあ、そりゃそうですよね」

「それに、熊野にしても出雲にしても、国家が残そう、守ろうとするところなら、それなりに元の形が残るけど、そうでなければ、なかなかもとの形では残らないものな」

「そうですよね。神社が建つ建たないはともかくとして、掘り起こされたり削り取られたり、跡形もなくなってしまいますもんね」

「残念ながらね。でも、たしかにそういうことはあるけど、普通に聖地っていわれてるところはやはり気になるね。どうしてそこが聖地っていわれてるのか。理由があるはずだし、結果的に保護されているからいろんなものが残っている。そういうところを丹念に見ていると、一見何もないところを見るときも、そこに隠されているものを透視する能力は高まるように思うんだ」

「なるほど。で、そういうところを歩いてみてるわけですか」

「まあ、そんなところかな。とりあえず手がかりはそこになる」

「どこか気になるところありましたか」

「歩いてみると、やはり見えてくるところはあるし、どこもそれなりに気にはなるよね」

「ほう」

「見ているうちにいろんなものがつながってくるんだよ」

「ほう。ここは特に押さえておかなければなというところはありましたか」

「やはり熊野かな。まだそんなに歩けてないけど、やはりすごいところだ」

「そうですか」

「ああ。奈良の辺りに日本の統治機構のひながた、つまり『国家』ができてくる前、まっさらの日本ってどんなだったんだろうと考えるとね。九州はまさに『ひながた』なんだが、それを外して考えると、やはり熊野と出雲は大きい。もちろん東北もね」

「東北は何となくわかりますね。耕作が本格的になるまでの海と森の恵みは、圧倒的に北が豊富だったでしょうからね」

「そうだね。東北もけっこう歩いてみるんだけど、日本の古代の原風景を感じるね」

「でしょうね」

「熊野と出雲は、その原風景からかなり国家形成期に近づいてくる」

「ですね。古事記の直前ぎりぎりか、そのど真ん中みたいな感じですもんね」

出雲に想う

「先生は出雲の近くだし、よく歩かれているんじゃないですか」

「何度も歩いてるんだけどね。やはりよくわからない。いつかまたゆっくり話す機会があると思うけど、古代のどの時代かに、何かの勢力の大きな拠点になったことはたしかなんだよね。その勢力の由来、何を象徴しているのか、その範囲、今の日本国家にとっての意味がもうひとつよくわからない。でも、大きな意味で、古代の日本で盛衰した多くの民族・部族の和解、縁結びが象徴されてるんだな、というごく当たり前に言われていることはよくわかる気がする」

「出雲大社も、あの祀り上げられかたは尋常じゃないですから、絶対外せない大きな意味があることは間違いないんでしょうけどね」

「周囲にはね、出雲大社と奈良・京都の間をとりなすように、物部、サルタヒコ（佐太大神）、武内宿禰（たけのうちのすくね）などが勢ぞろいしている。まるで、オオクニヌシの無念や憤怒を必死に抑えているかのようにね。山陽側の影もちらつくしね。それに、出雲で活動したラフカディオ・ハーンの幻影が重なるためか、どうしても私には北方海洋系の影がちらついて仕方がないんだよ」

「ほう。どういうことでしょうか」

「ハーンは、例のクレタ・地中海と同じ深さで、北の先史民族のケルトを肌感覚で知っている人だからね。その人が敏感に反応している出雲という土地をどう見るかということだよ」

「なるほど」

「たとえば『加賀の潜戸（くけど）』だけどね」

出雲の生と死の象徴的スポット「加賀の潜戸」。ハーン（小泉八雲）は、加賀の潜戸についてこの世のものとは思えないほど美しい文章を残している。

この潜戸からの光景が、アイルランドの絶海孤島にある古ケルト修道院からのぞむ孤立岩礁スケリグ・マイケルにそっくりなのだ。古代ケルトの死者が還ると伝えられる聖地。したがって島根半島のこの地域は、古代ケルトにシンパシーを持つ人たちにとっては、息をのむ驚きとともに絶対的なやすらぎを覚える場所に違いない。「ああ、故郷だ」と。ハーンはたぶんその一人だろう。仮に古代ケルト民族が北氷洋を渡ってこの地に至ったとき、ここに母国を感じたとしてもさほど不思議ではないかもしれない。

少なくともユーラシアの東西の両端に同じような古層を持つ地域が存在しても何の不思議もない。出雲には、そのような匂いがある。またここには伊勢と大きな接点を持ちキサガイヒメを主神とする加賀神社が鎮座している、キサガイヒメから生まれ、それを補佐することで知られるサルタヒコを祀る佐太神社も。

「たしかに独特の匂いがありますね。伊勢、熊野とも通じる」
「それにね。『根の国』というのもかなり気になるんだよ」

生まれ育った山陰圏内でもあり、小谷は小さいときから出雲をよく訪ねた。まだ宍道湖北辺の一畑（いちばた）パークが賑やかで、出雲の高層大神殿がまったくの笑い話だったころからだ。あるときは出雲で救われ、あるときは「いまは来るな」とばかり直前で追い返されたり、いろんなことが思い返される。

そして出雲大社に来るたびに「なぜだ」と、不思議に思わざるを得ないのが、独特の下り斜面の参道。そこは「根の国」つまり地底の国への通路だからなのか。その本殿は古来、熊野本宮の大斎原と同様に、倒れても倒れても建て直された。しかも確実に奈良の東大寺の高さを上回るように。

　そしてオオクニヌシは西を向いている。


「なぜオオクニヌシは西を向いているんですかね」

「さあ、わからないな。とにかく出雲大社って本当は何が祀られているのか、オオクニヌシって誰なのか、その由来も、どういう意味のある存在なのかも。本当は何もわからない」

「根の国っていうのは、何かやはり意味があるんでしょうかね」

「地上は高天原の子孫に、地下根つまり地下の世界はオオクニヌシの子孫にというのだから、オオクニヌシは高天原の直接の子孫ではなさそうだ。アマテラスとスサノオが姉弟なんだから同系ではあるけどね」

「地下の世界というのは、見えにくい『縁』とか『運』とか、やはりそういうこととしっかり結びつくんでしょうかね」

「私の知ってる宮司さんでね、常陸(ひたち)に出雲大社を作れ、とお告げを受けた人がいるんだ。その人は『そんなこと言われても、先立つものもないし』と首をひねっていたところ、それからあと、競馬も宝くじも当たりまくって、あれよあれよ、という間に資金が集まったそうだ」

「ほう。やはりそういう縁とか運とかを操る大元ということなんでしょうかね」

「さあ、やはりなにかあるんだろうね。また出雲のことはゆっくり話そう」
「他にこれはすごいなと思われた聖地とかは」

諏訪大社前宮

「熊野も出雲もどちらかいえば海にゆかりのある大社だと思うんだけど、山にゆかりがある大社といえば、やはり諏訪大社が思い浮かぶね」

諏訪大社は、巨大な八ヶ岳山系全体を御神体としているような風情がある。

八ヶ岳はなんとも不思議な山だ。太古の姿はよくわからないが、すそ野の広さと頂上付近が崩れてギザギザになっているのに、三千メートル級の高さを保っている。また列島の真ん中に位置する中央高地の、そのまたど真ん中に鎮座する姿は、南北アルプスや関東・甲信の山を外輪山として従え、どっしり腰をおろしているような雰囲気がある。あるいは富士山さえ、その若い前衛峰と位置付けることも可能なのかもしれない。少なくとも、地下水流は八ヶ岳から富士山に向けて下るようにつながっている。

元来コニーデ型のきれいな裾野を持つ火山は、もっとごつごつとして荒々しい主火山の裾野に、多くの場合海に臨む前衛峰として現れる場合が多いようにも思える。東北の岩手山は、巨大な山塊である八幡平から派生する尾根上に現れているように思える。岩木山も、太古の巨大火山である十和田火山が日本海に向かうエネルギーの途上で結晶したように見えなくもない。鳥海山も向きによって見事なコニーデを見せるが、この辺り東北中央部の巨大なカルデラをもつ荒雄岳を中心とする山群から日本海へのエネルギーのほとばしりなのかもしれない。とにかく八ヶ岳は、そんな日本の山々のなかでも盟主級の山であることは間違いない。

そんな古層をもつ山麓は、古来から多くの人間の生活のにおいを宿す。縄文のヴィーナスをはじめ縄文期の遺物、遺構も格段に多い。その山麓に鎮座するのが、御柱（おんばしら）で知られる、諏訪四大社のなかでも別格的に古層を備えるとされる上社前宮。

ある夏前の雨上がりの日にお参りした。

「縄文の砦」などというたい文句から、どんなごついものなのか、と興味津々だったのだが、そのすがすがしさに心を打たれた。縄文のものには、いつも荒々しさよりもすがすがしさを感じる。このときもそうだった。

神社をすりばち状に囲む周囲の山からの流水がうまく集まる位置に鎮座している。ちょうど野球場でいえば、ホームプレートの辺りに社があり、スタンド全体の声援が集まる感じ。周囲の山々の気がこの神社に大いなる力を与えているように思えた。

この位置取りが山里の社の原型になっているのかな、などとぼやっと考えた。

この前宮にはオオホオリと呼ばれる童子神が祀られる。ここでは神は女神ではなく童子だ。その儀礼は、自然から何かの媒介を経て、人間である王に主権が移る最も原初的な形を表しているともいわれる。その象徴であるミシャグジ神は諏訪から東海にかけて広く見られる。

そして神社の前の冬室の存在。この冬室は儀礼上最も大切な場所とされる。このことから上社前宮は、諏訪四社のうち、冬の間籠り祈るための冬の宮なのだと納得できる。上社本宮は夏の宮。そして下社の春宮と秋宮。

メンヒル街道

「西日本は出雲以外それほど歩いていないんだけど、古墳から記紀の時代の最も活発な交通路ということになると、九州から瀬戸内を抜けて畿内に至る道だろうね。どのくらいの時間をかけて、どのような勢力が通過していったかは、これまたほぼ不明だけど、たぶんこのルートの主役は宗像（むなかた）と住吉系の人たちだ。この人たちは安曇と少し違うように感じる。でも結局、難波から淀川や大和川を経て、生駒山や葛城山の裏側、つまり大和に侵入していったことが、大和王権の国づくりの第一歩だったことは間違いないだろうね。安曇の主ニギハヤヒの大和入りもたぶんこのルートじゃないいんだろうか」

「記紀の始まりの物語が淡路島だったり、三輪山の埋蔵物が瀬戸内由来だったり、とにかく、大和の国造りが始まる前に、このあたりには多くの物語が隠されているんでしょうね。岡山の熊山のピラミッド型遺構とか播磨や広島も四国もね。瀬戸内はメンヒル街道と名付けてもよいくらい不思議なものがたくさん知られていますしね」

「その通りだね。それとね、当たり前だけども、九州の存在もすごく大きい。日本史黎明期には、半島、大陸からどんどんいろんな集団が九州に渡って来たんだろうけど。結局東に展開して行ってしまって、九州そのものはどうも素通りになっちゃうんだ。なぜだろうね」

「たぶん、阿蘇山系とかほとんどが火山灰地で、耕作地が北九州とか限られていたからじゃないですか。国東(くにさき)半島とか高千穂など原初の意味ではとても重要なんでしょうけど。それに、北九州は、休む間もなくいろんなものが渡ってくるから、落ち着けない。絶えず物や人が動いている動乱の地です。対馬から糸島半島などは特にね。九州の西方、東シナ海もいろんな民族が激しくせめぎ合う荒々しい地域だったはずです。受け身なばかりでなく、わが列島からも、神功皇后や中世の倭寇や朝鮮出兵など、絶えず外へちょっかいは出していたと思います。結局、もう少し落ち着こう、と豊かな東の地を目指すのは、当然の成り行きじゃないんでしょうか」

「なるほどね」

「それとね。九州は古代にも大きな役割を持ちますが、じつは、中世にもね。キリスト教との関係で、あわや日本がキリスト教国に転換したかもしれないほど、大きなカギを握った時代がありましたね」

「そうだな」

「たしかに中世・戦国の時代のキリスト教の展開は、じつにスリリングなものがありますね。戦国武士たちにも案外すんなり受け入れられた」

「キリスト教は武器と一緒にやってきたからね。武器と大坂・堺辺りの商人との結びつきが時代を展開させる大きな原動力になった」

「それをぎりぎりまで活用したのが、信長であり、秀吉ということですね」

「そうだね、家康はそこにとても危険なものを感じて、規制に打って出た」

「家康がそのままキリスト教を野放し、あるいは逆に保護に出ていたら、日本はどうなってたんでしょう」

「ちょっと想像を絶するね。少なくとも今の日本の形にはなっていなかったと思う」

「ところでキリスト教は本当に徳川の時代が進むにつれて、長崎のごく限られた場所以外では根絶やしになっていったんでしょうか」

「いや、たぶんそうではないと思う。東北の岩手から青森にもキリスト教の影の濃い場所があるんだね。『キリストの墓』とかね。あれはなんだろう」

「なんでしょう。面白いですね」

小谷はそこまでで大山の部屋を出た。

その後、小谷はキリトから妙な相談を受ける。

キリトとユウジン

キリトとの面談は、ほとんど小谷が最近の様子を問いかけて、彼がぼそぼそと答えるというパターンが定着していた。キリトから話しかけてくるのは珍しい。

「先生、最近ユウジンがぼくに話しかけてくるんです」

「ほう、どんなことを」

次のようなことだという。

ある日ユウジンが廊下の隅にうずくまっているキリトのもとに足を運んできた。そっとしゃがむと、どぎまぎしているキリトに話しかけてくる。

「ねえ、俺のことどう見えてる」

「大きな力を自由に使って、いつも多くの人を惹きつけてすごいな、と」

「力を使ってるんじゃないんだ。大きな力に振り回されているだけなんだ。だから、怖いんだよ」

「そんなふうには見えない」

「じつはお願いがあるんだ」

「なんでしょう」

キリトはユウジンに顔を向けずにおずおずと問うた。

「俺をあなたの家来にしてくれ」

キリトはすぐに返答できずにいた。

「自分をぼくの家来にしてくれというんです」

「え」

小谷もさすがに少し驚いた。ユウジンがキリトに「俺の家来になれ」と迫るということならあり得ると思ったが、逆があるのだろうか。

「びっくりでしょ。とても混乱して答えられずにいたのですが、ユウジンの話を聞いているうちに、なるほどと思えてきました」

「それで、結局どうしたの」

「同志ならいいよ。同志になろう、と言いました」

ユウジンの顔がぱっと明るくなって、「ありがとう」と言ってキリトの手を握り、その場を離れて行ったという。ユウジンは小谷の患者ではないので面談をしているわけではなく、その微妙な行動や性質のあやを見抜くことはできない。

「そうなのか」

そう受けておいて少し考えてみることにした。そしてこの件で、小谷にはもうひとつ、ある意味由美のときに味わった繰り返される驚きが突きつけられることになる。このことを話すキリトの態度だ。キリトはこんなに雄弁にしゃべることもできるのか。そして小谷の前で繰り広げられるキリトの夢。それが小谷に逐次報告される。

「由美のときと同じじゃないか」

小谷はそう思わずにはいられなかった。

ある日小谷は男子病棟のホールで異様なものを目にする。キリトとウマヤドをユウジンたちの一団が囲み車座になってすわっているのだ。小谷は驚いたが、しばらく遠くから観察した。キリトがときどき何かをつぶやいている。それに合わせて集団が何か唱和している。それが果てるともなく続いている。少し離れたところでユリアがいつくしむようにその様子を見つめている。

車座が解けてキリトがその場から去った後、小谷はユリアに「彼らはいったい何をしていたのか」と尋ねた。ユリアも「よくわかりません」と言う。最近週一回くらい、彼らはこのような集まり方をしているのだが、特に危険性は感じないので干渉はしていないとのこと。「そういえば、いつもは先生の来られない曜日にやってるんですが、今日は先生の来院日と重なって珍しいですね」と言う。

「どういうことだ。キリトがいまの自分を私に見せたということか」

小谷はそんなふうに思った。

翌日は都内のクリニックで理恵との面談が待っていた。

第五章　科学という幻影

理恵のその後

理恵は東方病院を退院して、麻衣と亮との共同生活を経て、過食症から回復した。大学を卒業して、今は出版社に勤めている。亮との関係は、中途半端なままで続いている。岡山の実家の母佳代は昨年病気で亡くなった。その後、実家にいた弟の光一が理恵を頼って上京し、理恵と同居していた。岡山の店は、佳代を最後まで世話して看取った新垣に明け渡されていた。光一は東京と岡山を行ったり来たりしているが、理恵は母が亡くなってから一度も岡山には帰っていない。そのことには少し負い目を感じていた。

理恵は、東方病院には抵抗感を覚えていたので、退院後は、小谷が都内で開いているクリニックのほうに通っていた。過食は抜けたが、やはり視床下部辺りの統合性は悪いようで、ふらつきやら吐き気を感じることが多く、身体管理のためにも引き続き、小谷に診察と助言を仰いでいた。

理恵は小谷との面接では、もっぱら現実的な問題を投げかけてきた。

自分の将来はどうなるのか。もし、子どもが生まれるようなことがあれば、子どもの将来はどうなるのか。小谷は、もともと、理恵には母の強さを感じていた。いや、ひとりの子の母親以上の何かしら得体のしれない強さを感じていた。

「この子は強い」

母は、すべてを生む海につらなる。理恵も、岡山の救急病院のベッドの上で自分がみた不思議な夢の意味を考えることがよくあった。妙に現実感があり、いつまでもくっきりと覚えている不思議な夢。

母なる海が生んだ民フェニキアの女神であった自分。あのカルタゴから瀬戸内海までの大航海の夢を見ることは二度とはなかったが、カルタゴでの出航の様子、途中で見かけた光景、沖縄を通過するときウタキと思しき岩の上で踊る姉とそれを見守る父親。それらの場面は今でも鮮明に思い出される。

「あれはなんだったんだろう」

小谷にもそのことについて問いかけてみた。

「理恵さんの起源を示したんだろうね。理恵さんの起源は、すべてを生み育て流してゆく水、その最も根源的な形としての海とともにいる何者かだと思うよ」

小谷の答えは、いつものようにピンとこなかった。

「なにが言いたいのかしら」

小谷と問答していても、その夢に関しては何もヒントは得られない気がした。ただ、出版社に勤めはじめたことで、様々な資料にあたる機会が得られやすくなった。自分と夢、あるいは親の出生地である沖縄との関係性をもっと深く探ってみようとひそかに決心し、暇を見つけては沖縄に飛び、その聖所であるウタキを訪れたりしていた。

そう、理恵は自分の出自、起源についてはひとりで考えようとしていて、小谷も彼女のその様子を察知して、面談のなかでは、もっぱら今の仕事上のことやら現実的な話題を探るようにしていた。

「出版社ではどんな仕事をしているの」

実際、小谷も理恵の仕事には興味を持っていた。

「まだ何も書かせてはもらえません。図書館巡りと資料集めと整理ですね。ときどきインタビューも入ります」

「ほう。まあ、そんなもんだろうな」

「でも、楽しいです」

「どんなジャンルの仕事が多いの」

「科学技術ものとか、医学関係のものも多いです」

「それはけっこう大変だろう。理恵さんは文系の学科じゃなかったかな」

「でも、案外、理系の分野のものとウマが合う気がします」

「なるほど。そうかもな」

小谷は何となく納得できる気がした。

「最近気になることとか、何かある」

「いろいろなものが目に入りますけど、先生は何か」

「ＳＴＡＰはやはりとても気になったね」

ＳＴＡＰ細胞

ＳＴＡＰ細胞とは、遺伝子操作を経ずに作成される、からだのどの部分にでも成長できる万能細胞のこと。これまで知られていたｉＰＳ細胞やＥＳ細胞は遺伝子操作の産物に属する。遺伝子操作を経ないことは、理論的には、非常に簡単な操作で万能細胞を作製できることを意味し、実用の段階で大きなアドバンテージを持つことになる。

ＳＴＡＰ細胞騒動。理研（理化学研究所）の研究員ＯさんがＳＴＡＰ細胞の作製に成功したとして、科学雑誌「ネイチャー」に論文が載ったのだが、次々に不正が明るみに出て、ついには、実験結果そのものが捏造（ねつぞう）と断定され、大きな騒動になった事件。

「あれは何重もの意味で、科学の未熟さといかがわしさを証明してしまったね」

「先生はやはり、そうとらえられますか」

「ああ、ある意味、話がつぶれて、みんながっかりしてよかったかもしれない。もう一度あの話を整理してみよう」

小谷は話を続けた。

遺伝子操作

原子核と遺伝子は「神の仕組み」。

「神」という言葉つきがいやなら、「自然の根源的な摂理」ともいえる。また、「人間的なルーズさ、無邪気で、ほほえましい曖昧さ」を寄せ付けない、冷徹な世界に属するものともいえる。したがって、それを操作の対象にしてはならない。というか、本質的にできない。どこでしっぺ返しを食らうか、それを人間が想像することは、極めて難しいというか、できない。人間もその仕組みのなかに組み込まれている歯車の一つだからだ。だから本当の意味で、それを客体視することも操作することも人間にはできないのだ。

原子核利用の方は、原発問題がこれだけ騒がれるのでわかりやすい。

兵器利用は問題外でひとまず置くとしても、平和利用の原発にしても、日本ほど勤勉な国でさえ完全には制御できなかったことが持つ意味は大きい。他の多くの国は、日本より相当にルーズだ。とくにアジアやラテン世界では。ゴミの後始末に、うまく運んで万年単位の時間がかかる、チェルノブイリや福島における事故の際のとんでもない状況など。少し冷静に考えれば、悪魔からの贈り物あるいはそのささやき、としか思えないしろものだ。おまけにテロリストが本気で標的にしたら、あっという間に世界が終わる。

よい話ばかり伝えられる遺伝子操作の方は、人間体内のミクロの世界での話なので、少しわかりにくいのかもしれない。

がんの発症などはわかりやすいが、本当の恐怖は別のところにある。オリジナルな人間の特性の崩れや喪失。操作した遺伝子を体に取り込んで、本当に大丈夫どうかが発現するのは、操作が行なわれた次の世代。それを観察して追跡研究が行なわれるのは、さらに次の代だから、まずいと判明するのは、三代目以降になる。

ここまでになにも目立つことが起きなければ、ひょっとしたら大丈夫かもしれない。しかし、「決定的にまずい事態に陥った」場合、絶対後戻りはできない。人間の体は、針刺し事故などで異物が入ってしまっただけでも大きく反応する。遺伝子核内に異物を入れたり操作したりして、無事で済むとはとても思えない。とてもまずい状況を生む可能性が高い。

アポリア

しかも、アポリアがある。

つまり、これら遺伝子操作の周囲には、医療、技術関係者以外に、様々なタイプの多くの人たちがいる。それらを扱うことを商業的な生業とする人たちもいる。そのなかには当然、いい加減な、あるいはよこしまで不完全な、あるいは悪意に満ちた人たちが含まれる。人間は無邪気だ。高潔も邪悪も人間の無邪気に属するが、前述したように、「神の仕組み」は、人間的な無邪気さにはなじまない。

これを、人間的操作の権化のような経済成長の歯車に嚙まして（この分野が発達しなければ生活が成り立たない環境を作り出して）、無事で済むとはとても思えない。それ以上進んでもらっては困るという場面でも、「神の仕組み」は粛々と進む。それが明らかに破滅に向かっていても。

これも、社会のなかでの医療を含む科学を考えるとき、やはり大きな問題にならざるを得ない。もちろん医療ばかりではなく、科学の成果全体の問題だ。かならず邪悪の洗礼を受けることになる。ネット社会の発達というか暴発が、それらにますますややこしい要素を吹き込んでいる。

そんなことまで見通したとき、遺伝子操作原理に頼らず、一般原理の応用で再生医療が進む期待のあった今回の実験の意義はとても大きい。その失敗はまことに残念だ。

「それに、再生医療って莫大な予算がかかることだし、日本人なら、かなりの割合の人がその成果物を手にすることができるかもしれないけど、世界を見渡せば、間違いなくごく一部の人しか手にできない技術だ。そこには貧富の差とか、大きなひずみが生まれるだろうし、それは憎しみを生むし、あまりよい想像ができないね。医療そのものがひずみを生む原因になってはまずいんだよ」

「そうですね。昔から高度な医術は高価だったし、特別な存在の人のためみたいな雰囲気はあったと思うんですが、それが産業として市場を左右する姿はぞっとしますよね」

「もちろん医療も経済を含む人間生活のなかで与えられるものの一つなんだから、対価を要求するのは当たり前なわけで、医療にかかわる経済活動をすべて否定しようというわけじゃないんだけどね。医療が経済を牽引しなきゃいけないような形は、まずいということだよ。それじゃ邪悪な人たちが医療の周りをうろつく確率がずいぶん高くなってしまう。医療は根源的に生産活動ではないからね」

「その通りだと思います」

「まあ、ＳＴＡＰ細胞の作製と、それが万能細胞に育つ過程って、すごく複雑な要因が絡んでいるので、もともと少し眉唾な話だったたんだけどね」

「私もそう思いました」

ＳＴＡＰの原理は、おおよそ次のように説明できる。

トラウマ

ＳＴＡＰ細胞の原理は、リンパ球細胞に外部から強い刺激を与えて、元の未分化細胞に戻す（初期化）するというものだ。

これは、強いストレスを受けると、人間（動物）は退行して、そこまでに獲得していた行動様式がリセットされてしまうことに似ている。つまり、精神力動で語られるストレスによる退行（未熟化）と相通じるものがある。

「こころの仕組みとからだの仕組みは同じなんですね」

「そういうことになるね。というか、新しく発見されたことでもなんでもなくて、元来そういうもののはずだ。でも、そうなると、その細胞を万能細胞に育てるのは、ものすごくデリケートな作業だということになる。これは大きなトラウマを抱えた細胞ってことだもんな」

「そうですよね。カウンセリングの世界ですもんね。細胞にカウンセリングをしなくちゃいけなくなっちゃう」

「そうだ。『ぐれちゃだめだよ』ってね。だから実際問題、作った後どうなるのか、私にはもともと疑問はあったんだけどね。私たちには、カウンセリングの難しさがいやというほどわかっているだけにね」

「私も迷惑をかけている側ですが、その難しさはよくわかります」

小谷は苦笑した。

「でも遺伝子操作を経ずにそういうことができるなら、人類にとってまずい面がどのくらい除かれるか、計り知れないものがあった。再現がうまくいくとすれば、原子力発電に頼る前に太陽光発電のシステムが完成するくらいのインパクトのある、人類にとって極めて大事な実験だったかと思う」

楽園としての科学世界

「それと、もうひとつ大きく暴露されてしまったのが、科学を扱う人たちの危うさだよね」

「それは、取材していても感じます」

「そもそもOさんには、あのレベルのものを扱う資格がまったくなかったということになりそうだね。偶然でも神がかりでも、一度でも再現できれば、それは『科学の成果として私たちが手にできる』可能性があったけど、Oさんの場合はたぶんすべてがペテンということだったのだろう。壊れる寸前の緑色発光細胞と保管していたES細胞を組み合わせたのではないのかな。STAP現象そのものは、Oさんのチョンボにかかわらず、先日『ネイチャー』にアメリカの研究者の新しい論文が出たみたいに、いずれ立証されるように思う。でも、さっき話したような理由で、その現象が夢の万能細胞に結びつくのかどうか、私は怪しいというか、かなり困難だろうなと思っている」

「Oさんの場合は、彼女を取り巻く人たちと理研という組織が、そのペテンを見抜けなかったというか許してしまった、ということですね」

「理研内部の問題だけじゃないね。それにそういう不正とは別のところに本当の危うさがある。結局、科学の方向性とその成果をチェックする機能を、誰もどこも持っていないということ。これが究極の問題だろうね。それは原発を扱っている人たちにも共通して言える。たぶんね、そこがなおざりのままだと、日本も簡単に核開発に舵を切ることにつながってしまうかもしれない。政権が舵をそちらに切って金を落とせば、簡単にそうなる」

「科学が使い勝手のいい神になってしまっているってことですか」

「そうだ」

小谷は大山と何度も議論したことを理恵に語りかけた。

中世西欧世界では科学がやってはいけないことを、ある程度キリスト教会が規定していた。それが教会の腐敗と、着々と積み上げられる科学の成果を活用できなければ困るということから、教会改革が進んだ。その結果、科学は自由に解き放たれ、その成果は、すべて社会に貢献できるという神話ができ上がってしまった。というか、その成果が資本主義の推進力そのものになったという構図がある。

科学が神の領域に近づくというのは、ある意味先祖がえりだと思う。神のお告げというのは、科学の概念がない時代には、最高の予知行動だったのだろう。つまり今でいえば科学的な理論なわけだ。古代インドのバラモンやギリシャの哲学的なことをやっていた人たちも、今の科学者と似たような境遇だったはずだ。

科学の始まりは、簡単な工作作業だったと思う。中世から近代の社会が、神を殺して科学を育てたけれど、科学の精度が上がってくるにしたがって、大きな力を扱えるようになったり、予知・予言のまねごとができるようになる。はじめの工作作業とはやっていることの意味が違ってくると、やはりこれは神のイメージに重なってくる。人間はいつの時代にも信じられるものが欲しいから。

「進歩した技術を生活に取り入れるということ自体は、人類が始まって以来、基本的に継承されてきたものだと思いますけど。第一、それがなければ、いまの人類はあり得ません。マンモスに踏みつぶされるか、トラやライオンに食われて絶滅してます。あるいは世界規模の大きな災害か」

「まあね。しかし、科学の対象が、神の領域に近づいてくると、事情は違うということだ。大量破壊兵器が次々に考案されるに至って、実際に人類の存続にかかわる問題になってしまった。第二次大戦の時代のほうが、この問題はかえって現実味があったろうね。原爆が実際におとされる事態に至ったわけだからね。ただ、ネット社会の発達と第二次大戦が産み落とした邪悪な地下水脈が、またこの問題を蒸し返している」

遺伝子組み換え作物(GMO)

「ところで先生」

「なんだ」

「私には、STAP以上に気になる問題があります」

「たしかに、いろいろあると思うけどね」

「遺伝子組み換え作物つまりGMOの問題です」

「それは大きいね」

「これはGMO自身のもつ遺伝子的な危なっかしさとともに、GMOは脆弱ですから、大量の強い農薬を必要とするというまずさがあります。その上経済も破壊してしまいます」

「たしかにね。コメやトウモロコシや人間が主食として食べるものが多いから、これはまた次元の違う問題だね」

「じつは今、その辺りの資料を集めています」

「大事なところだね」

「一番わかりやすいのが、一九九四年に発効した北米自由貿易協定（ＮＡＦＴＡ）後のメキシコのトウモロコシなんです」

「ほう」

「メキシコはトウモロコシの原産地で、大事な主食用食材なんですが、ＮＡＦＴＡ発効後、大量のアメリカ製のＧＭＯトウモロコシが流入してきました。コメもです」

「大変なことだよね」

「その通りです。価格破壊も起こり、トウモロコシを作っていた農民たちは立ち行かなくなり、平均所得が大幅に下がってしまったんです。その結果、海外から流入してくる格安のファーストフードしか食べられなくなり、肥満率も大幅に増加しました。農薬被害とあいまって健康被害もひどい状態です」

「日本も環太平洋パートナーシップ協定（ＴＰＰ）を結ぼうとしているわけだから、まったく他人事じゃないよな。みなファーストフード並みのものしか食べることができなくなってしまうかもしれない」

「そうです。ただ日本は強い経済力を持っていますから、メキシコとは事情が違うと思います。でもどちらにしても、農業の先細りを促進することは間違いないと思います」

「そうだよね。よく考えないとな」

「たぶんインドネシアなどでは、もっと深刻な状況になるだろうと思えます。日本はアメリカと並んでアジアを壊す側に回ってしまうかもしれません」

「たしかにね」

「食料の自給率にも十分注意しなければなりませんね」

「そうだ。食料問題に真剣に取り組まない国は、結局滅びる」

「ＥＵの主要国などは、その辺りは本当に慎重にしぶとくやっていますね。ＥＵの予算の半分は、じつは補助金などの共通農業政策（ＣＡＰ）に当てられていて、フランスは一二〇％、ドイツは九〇％の高い食料自給率を保っています」

「ＥＵもね。誕生したとき、これで世界は、ドルとユーロが席巻するのかと思ったけど、どうも、そういう雰囲気でもない。ロシア、中国、インド、南アフリカ、ブラジル。トルコやイランも加わってくるかな。これらは新興国なんて言われるけど、まったく新興国じゃないわけでね。多くは古代文明を背負った国々だ。心の底から自分たちが世界の宗主に返り咲くべきだと思っている。それに国ではない邪悪な集団も絡んでくる。世界の液状化に科学が一役買っている気がして仕方がないんだ。どうもね。まさにアポリアだ」

神の曖昧さ

ここでふたりはまた話の向きを変えた。

「やはり遺伝子絡みの問題には、どうしても、きな臭い、うさんくさい臭いがつきまといます」

「そうだね。もうひとつ出生前診断のこともね」

「どういうことでしょうか」

「神の『曖昧さ』だよ。冷徹な『神の仕組み』も、ときとして曖昧さをみせることがある。計算された曖昧さかな。生物科学でいえば奇形や難病。これを遺伝子操作でつぶしてはならない。これらには次代を生き抜く知恵が隠されている」

「そうですよね。すべて生まれ出ずるものは、神様からのご褒美なんです。だから、いとおしんで大事にしなければいけません。このことも何となくわかるようになりました」

「そうだね。その難しい生を全うすべく、サポートを心がけるべきなんだよ。それはやはり価値のあることなんだ。病気は治しすぎないほうがいい。治しすぎないように、治さなければならない。なかには、治してはならないものも含まれる。神は必ずそのようなものを混ぜている」

「ただ、それは現在の世界の推進力となっている効率主義とは相反します」

「たしかに。でも、社会・経済について、『成長至上主義』などという考え方は、そろそろはっきり取り下げた方がいいのではないのか。どのくらい成長を抑えながら我々はやっていけるのか。

このことを本気で考えないと、すべてが終わってしまいそうな予感があるね」

「その通りだと感じます。少なくとも、私たち日本人の感覚ではそれはわかります。でも、いろいろ資料をみてみるとやはり違うんです。現代に通じる文明の、もっとも大きな推進力は、徹底的な利益追求、効率化を高めること。やはり成長なんです。これらを徹底的にやりとおした集団が、他の集団を排除あるいは隷属させながら、今に生き延びているんです」

「その通りだろうけど、それは、どこかで変えることはできないものかね」

小谷は理恵との対話はそこまでにした。

このとき理恵には気になることがあった。小谷には告げなかったが、生理が遅れているのだ。

第六章　観音幻想

大山教団の起源

次に大山の部屋を訪ねたとき、小谷はずっと気になっていたことについて触れた。

「ところで大山教団ってどんなふうにして始まったんだ」

「古層、ルーツですか」

「まあ、そんなようなものかな」

「古そうですよ。あの辺りには縄文の土器も出ますからね。しかも呪術用らしい」

「ほう、それは古いし、ただごとじゃないね」

「言い伝えられているところによると、私の一族は、もとは伊豆か駿河湾あたりで漁労に携わっていたんですが、いつからかあの大山のふもとに移って来たらしいんです。すでにその頃には、あの辺りに住み着いていた人たちがいたようですね。その人たちと混交しながら私たちはあの地に根を下ろしたんです」

「そんなに古いことが伝わっているのか」

「私たちは口伝（くでん）で成り立っている一族ですからね。シャーマンの一族ですから。まことしやかな作り話かもしれませんが、私たちはそれを信じるしかないです」

「そりゃ、そうだよな」

「言い伝えではね。私の一族が大山の近辺に根付き始めたころ、山の彼方から女神が降りてきて、このあたりにとどまったらしいのです」

「ありそうな話だな」

「すこし紆余曲折があった後、私の一族がその世話をしはじめたようなんです」

「なるほど。大山さんの祖先って、なんというか、女神に仕えるサルタヒコのような存在だったんだね」

「そうですね。その関係が代々、神体と宮司みたいに続いて、今に至っているようなんです」

「ほう、一族を祀る神社か何かあるのかい」

「いや社もお寺もありません。もっと原始的な祈りの形を保っていたようです」

「どんなものだったんだろうね。神道の一番原始的な形というと、ヒモロギのような結界を張って依り代を供えるだけ、みたいなことになるんだろうけどね」

「小さいときストーンサークルのような場所で遊んだ覚えがあるんです。いまも山の奥に入るとそういうところがあるのかもしれません」

「ありそうだな」

「関係する地誌のような古文書をみるとね、それなりに祠があったり簡単なお堂があったりする時代が出てくるんですけど、それがどこにあったのかもわかりません。どうもあまり立派な神社やお寺が建ったことはないようです」

「ほう。表面上は政治勢力や多くの人々から重んじられた時代はなかったのかもしれないけど、裏ではずっと教団が続いていたわけだ。不思議な集団だね。賢いやり方だけど、それを保持するのは大変だろうね。何世代にもわたって」

「その時代に見とがめられないように、適当に合わせて、大事なものはひっそりと表に出さなかった、ということじゃないのかと思っています」

受け継ぐもの

「なるほど。それが徹底されているんなら、相通じるものがあると思えさえすれば、キリスト禁教の時代に講の上にひそかにキリスト教を乗せて隠してもまったく不思議はないね」

「その通りです。表は何でもいいんです」

「たぶん一番大切と思えるものを守り続けてるんだろうね」

「そう思います」

「で、その守り続けているものは、何なんだ」

「私にはよくわかりません。わからないまま、私の代で終わるのはなんとも残念ですが。私の一族は、あくまで由美さんの一族を補佐して護っていたわけです」

その辺りの話になると大山の歯切れはいつも通り悪くなる。

「まあ、そういうことなんだろうな」

「ただね」

「ただ？」

「由美さんの一族の事情はもう少し複雑です。一族に女の子が生まれると、すごい霊力を発揮するんですよ」

「ほう。たしかに由美は、その一族の女の子ということになるよね。お父さんは男子だし、おばあさんのエイさんは宗教系だけど、その一族の血筋ではない」

「そうです。由美さんは、久々にその一族から出た女の子ということになります。おじいさんの平吉さんは、そのことをよく意識していたと思います」

「ちょっと待てよ。ずっと前に由美さんから聞いた話では、おじいさんもおばあさんも大山教団を構成する集団の出なんだけど、おじいさんは祖霊を祀るシャーマン系で、おばあさんは代々の隠れキリシタンと聞いた気がした。おばあさんはたしかに嫁入りしてきた人だからおじいさんの家系の霊力はない。ところが由美はシャーマン系のすさまじい力を持つ存在ということになるわけだね」

「その通りです」

小谷は大山の話に少なからずショックを受けた。

「由美の一族が守り続けているものって、一体何なんだ」

小谷はずっと、由美の病態には、治してはならない部分が存在すると感じていた。それこそが由美が受け継いでいるものなのか。

アスカロン神殿

小谷は最近くりかえし見る夢について大山に話した。

小谷は砂漠を旅していた。遠くの神殿の姿が次第に大きくなる。小谷は他の旅人から、シリアの奇妙な神殿についてのうわさを聞いていた。女神ウラニア・アプロディテを祀るその神殿の名は〝アスカロン〟。

「ここだな」

小谷は神殿の前にたたずんだ。門衛に用件を告げると、奥の女神の間に通された。そこには、驚いたことに、熊野と病院の聖所で目にしたのと同じ勾玉型の石柱が創る空間に玉座が鎮座し、その上で由美がこちらに向かって笑いかけている。

小谷は、由美のそばに控える侍従に大山の影をみた。

「由美、あなたは女神なのか」

小谷は思わず問いかける。

アスカロン神殿の奇妙な風習。この国の女は誰でも、一生に一度はウラニア・アプロディテの神殿の奥で、見知らぬ男と交わらねばならない。女たちは神域のなかで女神とのつながりを示すひもを髪に巻いて座る。

小谷は由美と言葉を交わした後、うながされて身を清め、女たちのいる部屋に入った。

夢はいつもここで終わる。

こうした風習は、広く西アジア一帯で行なわれていたという。

「不思議な風習ですね」

「生物学的には、遺伝子を袋小路に追い詰めないための工夫と見えなくもないな。幅広い混交はとても大事だからね。少なくとも夢のなかでは、いやらしさはまったく感じないな。性的な興奮というより、とても神聖な感じがする。アスカロン神殿に張られた結界のなかで行なわれる聖なる所作というか儀式という印象だね」

「それにしても、由美さんのそばに仕える侍従が私でしたか」

「そうだね。夢に大山さんが出てくるのは初めてだから、妙に印象に残るね。最近かなり頻繁に出てくる夢なんだけどね」

「何か意味があるんでしょうかね。ところでウラニア・アプロディテという女神はどのような由来を持っているんでしょう」

「次のように言われているね」

女神の系譜

女神たちの系譜は次のように知られる。

中央アジアの原初民族シュメール人の始原的な大女神イナンナが、紀元前二〇〇〇年頃セム語族のバビロニア人とアッシリア人が崇拝していた女神イシュタルとなる。イシュタルは愛と暴力の女神（宵の明星と明けの明星）として知られる。その頃パレスチナ地方一帯に散在していたフェニキア人の間で、イシュタルはアスタルテとなる。

こうして女神たちはイナンナ、イシュタル、アスタルテとその姿を変えつつ、愛と闘争、豊穣と凶暴を併せ持つ両義的存在として君臨した。そう、夜は男たちをしとねに誘い、朝になると戦いに駆り立てる。そして、シリアのアスカロン神殿に祀られるウラニア・アプロディテとなる。ウラニア・アプロディテ信仰とは、キプロス島などを中心に西アジア一帯で広く行なわれていた、大地母神信仰のギリシャ風表記。アスカロン神殿はその最古の神殿だが、ここに見られるように、神聖娼婦とでもいうのか、どんな女たちも一晩だけよそから来た見知らぬ男たちと交わらなければならないとする奇妙な風習が知られる。

この風習が、のちに展開するキリスト教徒の間で、我慢ならないふしだらな行為とみなされ、ウラニア・アプロディテからアプロディテ～ヴィーナスと変遷する間に除かれていった。

ギリシャ神話ではこの大女神は、愛の女神アフロディテ、豊穣の女神デメテル、狩りの女神ディアナなどに分岐していく。

一方、アプロディテはアラビア半島では、ヘロドトスが「すべてのアラブ人の女神」と呼んだアラットとなり、さらに南アラビアではアルーウッサという女神が知られる。このアラットとアルーウッサはアプロディテあるいはヴィーナスと同格とされるが、イスラム教の始祖ムハンマドは彼自身若いころアルーウッサの信奉者だったと述べている。ただ、これらの女神はイスラム教では天上の強大な唯一神が登場した後消えてしまう。

砂漠に現れるもの

小谷はもうひとつ最近よく夢に現れるものについて語った。
砂漠の向こうから赤子を抱えた女性が一人近づいてくる。
ずいぶん遠くなので顔は確認できなかった。
そう、最初はずいぶん遠くだった。
しかし、最近、その姿が、近くに見え、大きくなりつつある。
女性のうしろには大きな黒いきのこ雲が上がっている。
「なんでしょうね」

「よくわからない。これも最近よく見る夢だよ。何か思い当たることがあればまた教えてくれ」

小谷は大山との話を切り上げて、閉鎖病棟の回診に向かった。

開放病棟に

そこで女子病棟の誠一郎から厄介な提案を受けることになる。

由美を開放病棟に出せないかというのだ。院長から持ちかけられたようなのだが、女性の閉鎖病棟が満杯なので、だれかを開放病棟に出さなければならないようなのだ。

「ちょっとまずいのではないか」

小谷はとっさにそう考えた。たしかに、由美はいま大きな逸脱行動を起こしているわけではない。だから一見落ち着いているように見えるのだが、それは閉鎖病棟の環境が作用していることでもあるので、状況が変われればその限りではない。開放病棟に出ることは、彼女にとっても病棟にとっても、大きな混乱の要因になりえる。

ただ、「調整期間のほんの一時でよい」、ということなので、小谷も了承せざるを得なかった。

たしかに由美は、この何年かの間に何度か、ごく短期間だが開放病棟に回ったことはあり、特に問題も起こしていなかった。

それに、開放病棟も、以前のように荒れる可能性のある神経症あるいは心身症圏の患者は多くはない。老人の療養病棟的な色合いが濃くなっていたので、問題が起きる要素も少なくはなっていた。ただ、大山と由美についての話をしたばかりでもあり、小谷はいやな予感に包まれた。

「仕方ないね。いいでしょう」

小谷はしぶしぶ了承した。

観音幻想

次に大山の部屋を訪ねたとき、小谷は、由美が開放病棟に移ったことを知らせた。

「ああ、由美さん、最近この病棟をうろうろしてますよね」

「そうか、大山さんは、ここにいるんだもんね。知ってるよな。ところでね」

小谷は前回大山と話した夢のことについて再度触れた。

「ウラニア・アプロディテのことですね」

「そうだ。ちょっと気になってね。由美のことがね。以前のこともあるしな」

「いまは病棟のなかに性的な対象になる患者もいないし、問題ないんじゃないでしょうかね。それにごく短期間なんでしょ。看護師さん、そんなふうに言ってましたけど」

「そう。短期間で願いたいね。ところで、ウラニア・アプロディテが活動していた地域のことなど、もう少し知りたいね。興味深いところだね」

「私もよくわかりません。案外、亮くんなんかのほうが詳しいかもしれませんよ。彼は中世ヨーロッパが専門なんですけど、古代の地中海近辺のことにも、大きな興味を持っています」

「たしかにそうかもしれないな」
「ところでね、あれは東に流れても、面白い動きになるんですよ。その辺りはいくらか説明できます。観音や弁財天まで関係してきます」
「へえ、どういうことなんだ。大山さんはインドにはやけに詳しいものな」
「つまり次のように言われています」

日本でいうところの観音、つまり仏教史におけるアヴァロキテシュヴァラは、確立した姿としては、後二世紀頃登場してくる。アヴァロキテシュヴァラは、本来ヒンドゥー教の最高神シヴァと密接な関係にあることもよく知られている。「イシュヴァラ」はシヴァそのものを表す。便宜上、阿弥陀如来のもとにいる菩薩となっているが、密教以前の古い仏である。

インドでの観音信仰は、西方の古代イランの女神アナーヒターに源を持つとされる。それがガンダーラあるいはクシャーナ朝の下で女神ナナイアあるいはアルドフショーとなり、この女性神格が観音菩薩の原形になった。だから観音はどうしても西からやってきた神というイメージを持つ。

ちなみに、このアナーヒターは西に伝播したイシュタルと同格とみなされるため、観音とアプロディテは同格となる。アプロディテはフェニキアからペロポネソス半島南のキュテラ島に流れ着き、そこから地中海を渡ってキュプロス島に達する。ウラニア・アプロディテは、観音と対称をなす西向きの変遷の一つの終着点であり、美の化身ヴィーナス崇拝の出発点でもある。

チベットでは、観音の重要性はさらに厳格で、その王宮は、観音の住む「ポタラカ」からその名をとり、「ポタラ宮」と呼ばれる。

観音は、美と癒しにおいて、これだけの起源と含みを持っている神である。

「なるほど。その癒しのほうだけどね。観音様はマリアと重なる部分を感じるんだけどね。そのへんはどうなんだろう」

「たしかにね。でも、マリアが生み出されてきたいきさつがもうひとつよくわからないんですね。キリストがはじめにあって、キリストを生んだ何者かがいなきゃいけないみたいな、どうしても後付け的な感じがね。だから、ここまで追いかけてきた女神の系譜と若干ずれるのでわかりにくいですが、観音のほうはかなりその由来を追えるということは言えますね」

蓮華

「観音様って、日本にはどういう入り方をして、どういう存在と理解されてきたんだろう」

「どういう経緯で入ってきたのかは少し難しいところがありそうですが、どういう存在かということならば次のようには言えると思います」

多くの宗派を超えて、人々を浄土に誘う一方、自身も如来にいたる修行を積む身とされる菩薩に属する。日本独特の密教世界では、雑密（初期密教）で胎蔵界の別尊曼荼羅として表されることも多いが、その後の本格的な両界曼荼羅には見られない。

その最初の姿は、右手に宝珠、左手に白い蓮（ロータス）の花の茎を持ったものとして表されている。ロータスは古代エジプトの神像にも見出される。ヒンドゥー教の世界観では、蓮の花、つまり蓮華は万物の根源であり、この宇宙はすべて蓮華から生み出されたことになっている。『マハーバーラタ』などの創造神話では、ビシュヌ神は太初の海に浮かぶシェーシャ龍を寝台として眠り、そのへそが伸び蓮華を生じ、そこに梵天が生まれ世界を創造したとされる。つまり、観音は創造神のへその緒を握りしめていることになり、蓮華は世界を創る胎内構造のような役割を持つことになる。つまり子宮と同格と言えそうだ。

「なるほどね。観音のというか、仏の持ち物で一番気になるのは宝珠とやはり蓮華だ。宝珠は何となくイメージ的にわかるんだけどね。修行の末、手にすることができる究極の賜り物みたいなね。たしかに何とも言えない形をしている。蓮華のほうは、何を意味しているのかとても気になるけど、少しわかった気がした。蓮華の上に咲いているのがこの世、ということになるのかな」

「蓮華の上がこの世でいいんでしょうか。蓮の葉の上は浄土、とされることが多いと思います。葉の下は煩悩が渦巻く私たちの現実世界です。仏教では、煩悩から抜けて浄土へ向かおうとする人たちの道しるべにもなります」

大山は続けて少し解説を加えた。

「さっき話したように、ヒンドゥー教の世界観でも、蓮華は万物の根源ということになっています。そこは、仏教もヒンドゥー教も古代エジプト文明までも共通しているんですね。モネの睡蓮も思い出されますが、あれも同じようなものをイメージしているんでしょうかね。西洋的には、ヴィーナスが乗っている貝も蓮を連想させますよね。これも同類です。蓮華の意味するところにはどうも東洋と西洋の別はないと言えそうです」

「蓮華って世界の主な古い宗教に共通して出てくるんだな。深いね」

「これは、じつは日本の神話にも出てくるんです。貝にかまれておぼれ死ぬサルタヒコ。あの比良夫貝も何となく蓮華っぽいでしょう。いずれの宗教の上でも大きなカギを握っているんです」

「う～ん。深くて広いね。蓮華って泥に根を張って、水の上に透き通るような美しい花を咲かせる。『煩悩から抜けて浄土へ』というイメージはよくわかるね」

「そのとおりですね」

「芥川龍之介の『蜘蛛の糸』などもね、こういうイメージがあるんだよ」

「ほう、そうですか」

「泥沼から抜けようと思って蜘蛛の糸にしがみつくんだけど、あれが蓮の根に見えてしまう。蓮の茎か根っこにぶら下がって、必死になって這い上がろうとするんだ。蓮の葉の上は天国だからね。でも、切れて落ちてしまう」

「なるほど」

「私がよく夢想する『あなぐら』なんてのは、光あふれる蓮の葉の上ではなく、その葉蔭でくつろいでいる感じだね。葉の上はまぶしすぎるんだよ。葉蔭がちょうどいいね」

「なるほど。それもわかりますね」

祈りの始まり

「ところで、仏像でも神像でもいいんだけど、人が人間の似姿の像を造って祈る、拝む、というのはいつごろから始まったことなのかな」

「まず、自分に何かを及ぼさないものは拝まないですよね。最初は山だったり、大きな木だったり、岩だったり、その場にある自然のものに必死になって願をかける、あるいは、そっと心を寄せてお願いする、みたいな感覚だったんでしょうね」

「それが『像を拝む』になると、もっと自分の内面を捉えて、はっきり自分のあるべき姿や本当の姿みたいなものを投影する意味合いが強くなってくるよね」

「たしかに投影の意味合いが出てきますよね」

「それは、人の歩みのなかで、いつごろから始まったんだろうね」

「竪穴式の住居をこしらえ始めた頃には、家のなかにもそっと何か拝む対象を置いたと思うんです」

「その前の洞窟で生活していたころはどうだろう」

「どうでしょうか。壁画とかあるでしょ。あれをどう考えるかです。動物なんかが描いてあるやつは、やはりたくさん捕れるといいな、みたいな祈りが含まれていると思いますけどね。どのくらい自分を投影しているかといえば、どうなんでしょう。あの時代、『生きる』ことに関わる情動に直結する行動しか取りにくかったでしょうから。それ以外はすべて邪念とか油断につながり死に直結します。だから、『自分』というものに意識が向かいやすいタイプの人がいたとしても、それは圧殺されていたのではないでしょうか。ただその思いは深く醸成され、酸素の薄い洞窟のなかで幻影の高みに達したりしたかもしれませんね」

「そうだね。たしかに洞窟は酸素の濃度が薄いので幻影を誘いやすい。意識がボーッとしてきてね。私のあなぐらも同じだよ」

小谷は幻影を目の前にしているかのような調子でしゃべりはじめた。

「洞窟で暮らしていたころというのは、本当にみんなが体を寄せ合って、びくびくしながら暮らしていたんだよね。そのころ、今の私みたいに、自分がひとりで籠れる『あなぐら』が欲しいなんて考えるやつは、いつごろからそれを行動に移せるようになったのかね」

大山におかまいなくさらに続ける。

「原初はみんな洞窟生活だったと思うんだけど、あるいは木の上か。そのあと、アナトリアのカルストみたいな岩山に人工的に穴を掘って暮らすタイプと、日本みたいに比較的平地の竪穴住居が一般的なところでは、大分意識の持ち方も違っただろうね。岩山の要塞のような住居では、絶えず攻められることを想定しているはずだ。竪穴式は、猛獣の襲来をいつも恐れていたり、周囲の部族同士で絶えず略奪しあってるという感じはなく、案外のんびりしていたから、あの造りで大丈夫だったんじゃないだろうか。やはり岩山のあなぐらとは少し違う気がする」

大山がやっと言葉を挟んだ。

「どうでしょう。岩山と平地でそういう違いがあるのかどうかはよくわかりませんが、人間社会の進歩には関係していると思います。竪穴式の住居の頃には、家族以外の人たちもすぐ近くで暮らしていて、家族やその人たちと自分との違いを想像することから、逆に、『自分』とはなんだ、みたいな発想も持ちやすくなってきただろうと思います。緊張ばかりではなく、少し柔らかな環境のなかでね」

「自分が投影できるものだけに囲まれて暮らしたいという願望だよね。最初は集落の近くの森のなかの大きな木に心を寄せて、というようなことだったのかもしれないけど。そのうち木の枝で小さな像を造ってそっとふところに忍ばせて持ち歩く、あるいは住居のなかに持ち込む、みたいなところから像に祈ることが始まったのかもしれないな。最初はやはり木の枝とか石ころとかだったのかな。それが人の形になってくる」

「そういうのってやはり仏的な感じがします。仏ってたしかに神より身近というか、自分を投影させている程度は強い気がしますしね。仏様の種類によって違うんでしょうけど、全体にそんな気がします」

「ところで、仏教の観音を含む菩薩様って、御体はほぼ浄土に達しているんだけど、後から来て浄土に向かおうとする人たちを、あらゆる手段を使って助ける存在なんだよね」

「そうです。というか、とりあえずそういう位置づけを与えられています。十一面とか千手とか如意輪とか、性質がかなりはっきりしている観音様も多いです」

「聖観音というのは、何かもう超然として、如来様に近い感じがするんだけど、十一面とか千手は、こちらに必死になって手を差し伸べてくださっている風情があるよね」

「そうですね。ただ千手は少し日本的な感覚ではないなという気がします。個人的な感じですが、インド的な。十一面が一番ありがたく、すがれそうな感じがします。一般的にも人気があるんじゃないでしょうか。十一面の優れた仏像が多いことも、イメージ的にありがたさが増す理由なんでしょうけど」

「十一面さんはたしかに美しく印象的ないいものが多いよね」

「先生のなかでも特別に好きな観音様とかありますか」

「室生寺の金堂の十一面観音様。本尊ではないし、ずらっと名高い仏様たちが並んでいる一番左端に、すっと立っていらっしゃるんだけど。何というのかな。傷もたくさん負っているし、この仏様がたどってきた厳しい道のりを具現しているような気がしてね。童顔とも見えるんだけど、忘れ難いね。室生寺は、入り口近くの『飛鳥の御室（みむろ）』みたいな雰囲気も、奥の真言密教的な雰囲気も同じように素敵だね。室生寺のさらに奥にある『龍穴』もすさまじいところだけどね」

「どんな感じなんでしょう」

『龍穴神社』があってね、その奥の参道を行くと、龍が棲むという岩のくぼみ、つまり『龍穴』から滝になって水が流れ出てるんだけどね。よく考えると、この室生のある宇陀の龍穴が龍の頭になって笠置、大和をぐるりと、とぐろに巻くように、護るようにして木津川に下りていく。ちょっとゾクッとするね。おまけに木津川にはおびただしい数の観音が鎮座している」

「ほう、龍がとぐろを巻いて大和を護っているわけですね」

「それに最近ときどき観音様が出てくるんだよ」

「ほう、どこに」

「いや、夢にね。次のような夢だ」


小谷の夢枕にボーッと光が浮かぶ。だんだん光が強くなってきて、その中に誰かがいる気配がするので、「あなたは誰なのか」と問うてみる。振り仰ごうとするのだが、金色の光が強くて直視できない。

「私はこの病院の茂みに置かれているお堂の観音である」

その誰かはそう答える。

「お堂って、薬師様がいらっしゃる、あそこですか。その横にたしかに小さな観音様がいらっしゃいますが、あなたはその方なのですか」

「そうだ。ウマヤドがあそこに連れてきてくれた。私はずっと以前にもここにいた。そのずっと前には大陸にいた。私が大陸にいたころは、仏教とキリスト教が混じり合ったような社会でね」

「景教というやつですか」

「そうだ。よく知ってるな。景教というのはとてもキリスト教の影響が強い宗派だった。でも、仏教は森の中で生まれたものだし、キリスト教は砂漠で生まれたものだ。どちらも、本来は社会を整える政治とは縁のないものだし、教えの内容は似た部分も多かった。キリスト教のマリアは私にとってはいとこのようなものだ。

　でも、そのころ、西から強大な軍隊を持つローマという国が攻め上がってきていた。これがどこまで来るのか当時だれにも予想がつかなかった。だから中原の国も江南の国も、組織を整備しなければ一掃されてしまう恐れがあった。そこで律令が整備された。しかし、律令は『大いなる愛』に覆われなければ、まったく機能しない。誰もそれには従わない。そこで中原の指導者たちは、愛を説く中心に仏教をすえた。キリスト的なものは、ローマとの密通も恐れられてか、敬遠されたんだね。

　そんなことで景教は衰えていったんだけど、その中心人物の一人がウマヤドだった。ウマヤドは、私をふところに入れてこの国にやってきたんだ。そして、そのころこの国を取り仕切っていたモノノベを倒して、仏教による統治をはじめた。そしてモノノベを倒した地に、弔いと仏教の愛を広めるために、四天王寺を建立した。そこに施薬院や療病院を造ったのだけど、その分院をここに置いたのさ」

「そんなすごい歴史があったんですか」

「その後、この国のなかをあちこち巡っていたのだが、ウマヤドとともにここに還ってきたわけだよ」

「長い間日本中を回られていたということですか」

「ああ、そうだ。いろんな人たちに会ったよ」

「印象深い人もいましたか」

「そうだね。この国のために尽くそうとする、いろんな人たちがいた。特にクウカイは印象的だった」

「クウカイって、誰もが知っている、あの弘法大師空海のことでしょうか」

「そうだ。とても野心的な男だった。彼は偉大な宗教家だが、救い主ではないんだ。『生』をとことん生きて、今もたゆまず修行を積んでいる。自分を極めることで、この世のすべての人の手本になろうとしている。肉体がこの世を去った後も魂は転生することなく今を生き続けている。すごいことだ」

「なるほど。上から光を与える存在ではないということですね。私たちは、観音様も如来になるために修行を積まれている身と教えられているのですが、クウカイも観音様の一人だということですか」

「いや、違う。私たちは如来がこの世にお出ましになるずっと前からいる。お前たちが教えられているのは、あとで取って付けられた説明だ」

「そうなんですか。ちょっとわかりにくい気もしますが。ところで、観音様はずいぶん気軽にお話をされますね。もっと寡黙な存在でいらっしゃるのかと思っていましたが」

「普段は『像』としてきみたちの前にいるからな。像がやたらしゃべるわけにいかないだろ。しゃべったりしてみろ。すぐに、奇跡だなんだと特別扱いになってしまって、やりにくくなるじゃないか。でも、本当はいろんなことを教えてやりたいんだ」

「そうですよね。観音様って、人が浄土にいたるために手取り足取りお手伝いしてくださるんですものね」

「そうだ。人の夢や妄想のなかでは、わりとそれがやりやすい。でも、誰の夢のなかにでも出てくるわけじゃないぞ。この世をよくするために必要な人の夢や妄想のなかにしか出ない」

「わかりました。私は選ばれているわけだ。とてもありがたいです」

「そうだ。お前は選ばれたのだ」

「でも、なぜここに還られたのですか」

「今は言いにくいが、あることを見届けるためにだ」

「あることを見届ける?」

　夢はいつもここで終わる。

「どういうことでしょうか。意味深ですね。この病院で何かが起きるということですか。それにウマヤドって」

「そう、聖徳太子だね。法隆寺とか律令の基礎を造った。十七条とかね」

「どういうことでしょう。ウマヤドという人物が近くにいるんですか?」

「ああ、たしかにね。患者さんのなかにね。私の患者ではないんだけど、いつからか、そう呼ばれている人がね」

「それもどういうことなんだろう」

「さあ、今のところ、何のことやらよくわからない」

そのあと小谷と大山はお堂の観音を確かめに行った。たしかに、その顔にも体にも多くの傷が刻まれ、この仏が経てきた転生の苦難がよく見てとれるようだった。

「そうだね。室生寺の十一面様に似ているな」

二人はうなずきながら手を合わせた。

仏たち

「ところで観音様って男なのか女なのか」

「もとのアヴァロキテシュヴァラは男性格なんですが、どうでしょう。もともと古代の神様って、両性具有を感じさせるものが多いし、あまり性にこだわる必要はないんじゃないでしょうか」

「たしかに、実際に観音様の像をみてみると、ひげを生やしていたり、とても厳しい顔をしていたり、男性的な感じを受けるものが多いんだけど、『観音様』と心のなかで念じるとき、なんとなく自分のなかで感じるのは『女性』なんだ。それとね。ネパールにクマリというヒンドゥー教の祭りに登場する少女の神様がいるんだけど、その姿がね、なぜか、室生寺の観音様と重なるんだ」

「ほう。私も観音に女性性を感じるというのは同感です。それに日本では、女人禁制の男性的な山岳修験と対比する形で、観音信仰は、補陀落渡海など、海とか水に関連してイメージされることが多いんじゃないでしょうか。海は女性のイメージです」

「補陀落渡海って、熊野の補陀洛山寺の住職が舟に乗って、抜け出せないように外から釘で戸口を打ちつけて、海にこぎ出して観音浄土を目指すってやつだよね」

「そうです。あまりにも凄絶ですが、究極の観音行ともいえます」

「そうだね。観音様をはじめとして菩薩は、心を澄まして浄土を念じるとき、やはり頼りになるというか、思わず拝みたくなる存在だよね。でも、その願いのなかに邪心があると全然通用しそうにない気がする」

「そうですね。見透かされる気がしますね。一心に浄土を念じて祈るのみです」

「その点、毘沙門天とか吉祥天とか、『天』はもう少し現実的な煩悩の相談ができそうな存在といえるのかな。煩悩だらけでぐちゃぐちゃのままでも、その前に出て拝めそうな気がする。その煩悩にまみれた様子をしかりつけるのが、不動明王など『王』のイメージかな」

「まあ、そういえるかどうかは、本人の信心のあり方によるでしょうけど、『天』とか『王』は、胎蔵界の曼荼羅なり大日如来を頂点とする密教の仏たちのなかでは、たしかにそんな位置づけになっていますね。一般的には、『天』というのは、たしかにもう少し下界というか、人間界に近くて、煩悩とともにあるようなイメージはあります。ダキニ天のように、西洋でいえば悪魔の契約を交わすような、神様なのか何なのかよくわからないような存在もあります」

「小野篁みたいに、人間なのか、『天』としたほうがよいのか、わからないような人もいるんだもんね」

「小野篁ですか。閻魔大王とやりとりができたという人ですね」

「本当かなあ」

「さあ、どうでしょう。小野家というのはたしかに、地下世界とつながっている、この世のものとは思えない人たちを多く出していますよね。小野小町にしてもね」

「そうだね。山科とか近江辺りにはね、そういう呪術的な力を持った渡来系の人たちが古くからいて、神や仏になって崇拝の対象になっている雰囲気がある」

「そうですね。『天』と『王』の関係はすごくデリケートなものがありそうです。『天』は私たちの煩悩を代弁していて、『王』というのは、それを許さじ、ともう少し上からぐっと睨んでいるようなイメージはあります」

「そこにいくと、如来は完全に浄土を具現しているよね」

「そうですね。完全に浄土に達している、あるいは浄土そのものを表すのが如来で、釈迦如来、阿弥陀如来、薬師如来、大日如来などがあります。盧舎那仏も同格です」

「やはり観音様ほど我々に近くないな」

「まあ、究極の目標というのか、この世にいて、あれこれやりくりしている限りは、やはりちょっと無理みたいな。大日如来は、密教の『即身成仏』の目標として、少し特殊な立場を持ちますけどね。双六の上がりと言っては失礼だけど、そんな感じかな」

薬師幻想

「仏たちのなかでは、薬師様も少し微妙な感じがするんだけど」

「病気の平癒を祈ったり、現世の御利益というか、ちょっと具体的すぎるということですか。元来は仏教より古いバラモン教にも薬叉（やくしゃ）というのがありますから、新しく創られたということではないんですけどね」

「そうだね。ただ他の如来がたは、もっと漠然と『浄土』をイメージしてるように思えるんだけど、薬師様はちょっと様子が違うだろ。現実的な救いというか」

「仏様がたの立ち位置について云々するのは、あまり気が進みませんが、次のようには言えると思います」


薬師も観音と同様、とても古くから信仰される仏で、その慈悲は自然で限りなく深い。

薬師は東方浄瑠璃というのだから、インドからみて東からやってきた神なのだろう。しかも多様な薬の知識を持つ。これは乾燥地ではなく、多様な生物の宝庫スンダランド（東南アジア）からもたらされた智恵だろうと直感できる。

「先生の立場に近い仏様なのですから、先生方はこの仏のなさることをよく考えてみられたほうがいいと思いますね」

「たしかにね」

「でも、日本に仏教が入ってきた当初から、薬師は重要な仏様と認識されています」

「やはり新しい宗教だったんだから、何かはっきりしたおかげがないと広がりにくかった、という事情もあったんだろうね」

「そうですね。病気平癒という。初期の法隆寺や薬師寺の薬師様もそういう意味合いが強かったようです。かけられた呪いを解いたりね」

「そうだね。でも、あの彫刻美術としての完成度はどうだろう。まさに奇跡という言葉がふさわしい気がする。その姿形からして奇跡だ」

「たしかにね。たぶん何かの事情で、大陸にいた凄腕集団が大挙列島に渡って来たんでしょうね」

「まあ、薬の調合で、身体の調子を整えることができるって、御利益やら奇跡の最もわかりやすい形だもんね。薬を調合したり、注射を打つことで、みるみる病気が治るのは、現在では当たり前の光景なんだけど、その当時はどう見ても、魔法か呪術にしか見えなかったろうね」

「そうです。今でこそ薬の効果は、化合物の特徴を理論的に説明することで、目に見えるわけですけどね。当時、薬草か何かを調合して体の不調を治すなんていうことは、神の業、ほぼ奇跡と同義だったんでしょう」

「祈って雨を降らすのと同じようなことだもんな」

「そうです。呪術師にしか見えないですよね。密教の加持祈禱なんかは、まだ『がんばってるな』みたいで、分かりやすいと思うんですけどね」

「やはり現世利益を体現する強烈な何かがあると強いよね」

「そういうことがないと、実力者のパトロンがつかないですもんね。だから本来なら『医王』辺りでとまっていそうな薬師が、現世御利益のために如来に抜擢されたんでしょうか」

「まあ、仏様をあまりそんな風に言わないほうがいいとは思うけど、事情はそんなところだったのかもね」

「その通りです。仏教はかなり現実的な利益を伴って日本にやってきた。それに権力者がすがるようなね」

「お釈迦様自身もそういう施術を心得てもいたし、熱心に研究していたみたいだから、薬師というのは、やはりお釈迦様の化身というか、現実感のある特別な存在なんだろうな」

「それに、身体療法以外にも、薬の調合の具合によって、極楽にいるような意識の変化も導けるわけですよ。痛みを取り除いたり媚薬としてもね」

「麻薬的な使い方だね。麻薬は、ほとんどすべての社会で何らかの形で利用されているね。意識を変化させることができるんだから、たいしたものだ。これも人間が手にした大きな武器というか果実に違いはない。多くの動物も知ってはいるようだけどね。ただ、その立ち位置が社会によってずいぶん違うし、移ろいやすい」

「そうです。それともうひとつ、調合というのは爆薬にもかかわってきます」

「怖いな。まあ、当然そちらの専門家にも近づけるよね。武器のね。たしかに考えてみると、薬というのは、当時は、科学の根源というか、おそろしくいろんなものに絡んでいるんだね」

「先生たち医療者はそういう流れをくむ存在のはずなんですが、そういう薬師的な意識はあるんですか」

「まず、ないね。私はいくらかそういうことを意識するほうだけど、普通の医者はまずそういうことは考えていない」

「そうでしょうね」

「私たちは神も仏もない現場にたくさん立ち会っている。でもその場面で宗教的な癒しの感覚があれば、葛藤の仕方がずいぶん違っただろうなと思うことは多い」

医療者

小谷は、そう言葉にしながら、頭のなかを整理してみた。何度か考え込んだ問題だ。そしてこのことを考えるとき、小谷の頭にはいつも、自分ががんの治療者だったころに、その命と魂を救えなかった少女Sの姿が浮かぶ。自分が仏教者だったなら、あるいはキリスト教者だったなら、Sの魂は救えたのだろうか。小谷は黙考に沈む感覚を振り払うように言葉を継いだ。

「まず、医学の勉強は解剖から入る、というのは大きいかもしれないな。意識の問題は『さておいて』になってしまった」

「それは言えそうですね。『さておいて』のまま、ずっと来てしまったわけですね」

「ただ、体の仕組みやそれにかかわる病気の整理と体系づけは、まずやりたかっただろうね。それは当然の欲求だ。今でこそある程度当たり前に見えているけど、そこがわかるかどうかは、医療者の存在というか、現世の御利益としてはやはり大問題だ」

「それにね、心というか意識の問題は、宗教がより大きくかかわってくるから、医学としての独立性を持つことが難しかった、という理由もありそうだね」

「たしかに、キリスト教会の独擅場に切り込みを入れるような感じにはなりますもんね」

「だからまず摩擦の少ない体からと」

「西洋医学の基本ですもんね」

「体に限っては、そこから始まらなければ、やはり何も始まらないわけだしね」

「ところで、人体解剖って、本当にルネサンス期にはじめて始まったんですか」

「ちょっと、そこは微妙で深い問題がある。西洋でも東洋でもね」

「そうでしょう。医療の始まりは、西洋でも東洋でも、たぶん尸林つまり死体置き場ですよ」

「たしかにね。人体の内部がどうなってるかを見たいのなら、戦場に行けば、臓物のはみ出した死体はいくらでもあっただろうしね。どのように弱って、どこが働かなくなれば死ぬのか、よくわかっていたはずだ。また、それを確かめようと思えば、拷問や刑罰で、かなり具体的に確かめることはできる。これは実際行なわれていたはずだ」

「経験的には、かなり分かっていたはずだということですね」

「そうだ。ただそれを系統的に追及することは許されていなかった。伝統的なキリスト教の下では。というか古来から宗教全体で、そこには触れるな、というムードがあると思う」

「そこに、新しい技を生活の利益に組み込みたいという欲求と、キリスト教が大転換した結果が、宗教との合意のもとでのルネサンスを呼び込んだ。いくらか後先はあるけどね」

「そして欲求はどんどん突っ走って、神の領域に触れるようになってきた、ということですね」

「まあ、そういうことにはなりそうだね。少なくとも西洋医学の流れはそうだ」

尸林にて

「先ほどの先生の『戦場には死体がごろごろ』とおっしゃった言葉で、これは、もう少し考えなければならないな、と思ったんですが」

「どういうことだ」

「ヒンドゥー教や仏教などアジアのインドを出自とする代表的な宗教は、じつは死体の転がる凄惨な場所から生まれ育ったといわれています。つまり死への接し方が、もっとずっと自然だったんですよ」

「ほう、それはまた、どういうことだ」

「デカン高原の古い人たちの住む深い森は、人や動物やそれらの死体や精霊が複雑に絡み合った場所です。そのなかのおそらく墓地だったり、火葬場だったり、死体が少しずつ崩れていくいわゆる尸林と呼ばれる場所で、修行が行なわれたのです。凄惨な場所です。死体をあさる獣や森の精霊に見守られながらね」

「ひどいところだな。つまり墓場じゃないか」

「そうです。火葬の火を見つめ、放置された死体が腐敗し、白骨化していくのを前にして瞑想したのです。修行者たちはそこで瞑想しながら、輪廻転生の世界を実感したのです。尸林は地獄世界そのものであり、極楽に通じる道でもあります。そこから解脱や悟りを得るインドの根源思想が生み出されました」

「すべてが絡まる輪廻の世界だね。死と再生」

「そうです。それを実感したのです。そこからシヴァやドゥルガーや殺戮の神カーリーが生み出されたのです」

「でも、その白骨化していく死体を前に観想するという図は、私たち医者が、最初に経験する試練に似ていなくもないね。つまり解剖実習。医学の修業もそこから始まる」

「そうです。先生の話を聞きながら、それを感じたんですよ」

「私たちは、観想することを教えられはしないからな。ひたすらメスをふるって解剖を続ける。ただ、いずれ死にゆく人たちとは常に向き合うことになるから、徐々に考えざるを得なくはなる」

「ですから、本当の薬師に至る機会は、たえず目の前にあるわけですよ。薬の調合を覚えるばかりじゃなくてね」

「そういうことだろうね」

ダキニ天

「ところで、ずっと前、由美も理恵も開放病棟にいたころ、由美をカーリーに、理恵をドゥルガーに見立てて話したことがあったよね」

「ありましたね。理恵さんのドゥルガーはどうかなと思うんですが、当時の由美さんは本当に殺戮の女神カーリーを彷彿とさせるものがありました。カーリーというかダキニ（荼枳尼）天ですかね」

「ダキニか。どんなものなんだっけ」

「魔に属する神です。もともとは、やはりシヴァやカーリーと同じくデカン高原の尸林の森に住んでいたのですが、いつからかカーリーの侍女になります。そして、死体とくに人肉を食べることに執着して、悪だくみや悪魔的な契約を繰り返し、それを手に入れようとするため、森の嫌われ者といわれたりしています。ジャッカルの姿であらわされます」

「それが日本にも入ってきたんだね」

「そうです。仏教とくに密教が入ってきたとき、仏たちより下層の神である天部のひとりとして伝えられたんです」

「なるほど」

「ただ空海たちによって日本に入ってきたのは中期密教ですが、その後チベットなどに広まった後期密教では、天部たちはもっと生き生きと活動しているんですよね。だから男女間の性的なこともっと自由だし、変な神様がたくさんいます」

「そうだね。律令にはちょっとそぐわないかもしれないな。宗教が国家と結び付こうとするときには、ちょっと邪魔になりそうな雰囲気はあるね」

「天部たちは門外不出の秘密の神々として、しばらく寺のなかに封じ込められていたんですが、破戒僧がこれを外部へと持ち出した。表向きは下層の神々であった天部たちですが、内に秘められた強烈な呪術エネルギーはすさまじいものがあります」

「弁財天とか、いわゆる『天』の神様たちだね。みな現実的な御利益は持っているし、生き生きしているよね」

「その通りです。私たちととても近いところにいる身近な神々です」

「ダキニもそのときに社会に流出したんですが、ダキニ天でなく別の姿として日本全土に定着しました。それがお狐さん、お稲荷さんです」

「なぜお狐さんなんだ」

「イヌというかジャッカルに似た動物だし、もともと霊験あらかたなイメージがありますからね。さっき話したように、ダキニは狡猾なジャッカルの精です。ただ、弁明しておくと、ジャッカルもアフリカでは神です。また、狐は穴に暮らす動物ですが、この穴が冥界への謎の通路と考えられたこともあるでしょう。この冥界を行き来するというのはとてもインパクトがあります。何かの使いとしてもね。ジャッカルも両界を行き来できるから神なのです」

「たしかに。何か拝んでみたくなってしまうな」

「ダキニはその後、この世の現世利益を叶えてくれる秘密の本尊として、あやしげな宗教者のみならず、数々の権力者たちから秘密裏に崇拝され信仰されてきました」

「平清盛なんかもそうだね」

「そうです。でもそのままにしておくといずれ自分は食われてしまうから、清盛はダキニとの取引から抜けるために、さらに地獄の閻魔と取引ができる小野篁にすがろうとしたといいますから、すごい話ですよね。そんなことをやっていたから平家は滅んだのかな」

「たしかにね。神様へのお願いの仕方としてはよくないというか、あとに恨みを残すやり方だよね」

「とにかくダキニ信仰は中世から広範囲に広がりますが、それはお稲荷という形を借りる場合がほとんどです。ダキニそのものを祀ると、あまりにも暗黒色が濃くなり過ぎるんですね。京都の東南部は、いまでこそ、もっとも有名な観光地ですが、鴨川から清水寺にいたる坂道、つまり現在、東山と呼ばれるあたりは、中世のある時代には、強烈な死臭が漂うこの世の地獄、つまり戸林であったとされています。そこから山城にいたる辺りは、六条河原、伏見稲荷、小野一族や壬申の乱で滅んだ大友の一族や歴史の裏側で盛衰を繰り返した多くの渡来系の一族が眠る、巨大な、何というか暗黒ゾーンになってるわけです。そのさらに南を木津川の観音たちが抑えている」

「すごいな」

真言立川流

「暗黒宗教の極め付けが、とくに関東地方を中心に広まったとされる真言立川流です。これは、ダキニ天を本尊として、どくろを祀ったり、どくろに精液と愛液を混ぜたものを塗りたくって再生を願って拝むという、伝えられている通りなら、カーリー、ダキニの直系の宗教です。ただ、この宗派が持つ次のような事情に気をつける必要があります」

平安末期から鎌倉時代にかけ、醍醐寺の高僧であった仁寛によって、配流された伊豆で放浪の陰陽師とともに開かれ、南北朝時代に文観によって整えられたとされる。

立川流の教義自体は、陰陽の二道により真言密教の教理を発展させたもので、男女交合の境地を即身成仏の境地と見なし、男女交合の姿を曼荼羅として図現したもの。どくろを本尊とするなどの儀式に関しては、あくまでも俗説であって、立川流の秘儀や作法などが述べられた文献は、江戸の幕藩体制が整う過程で、ほとんど焚書され焼失している。立川流の現存する文献は、すべて弾圧した側のものであるから、それが真実かどうかはわからないとされている。

ただ、開祖の仁寛は、平安末期の当時、東寺とならんで密教の中心的存在であった醍醐寺の高僧であり、密教の奥義を十分に心得ていたと思われ、真言の教理を深く表した可能性が高い。

そもそも空海によって日本に渡ったのは中期密教である。チベット仏教などは、その後展開された後期密教で、そちらでは宗教上の男女和合の意義などをもっと大胆に説いている。

「とてもおもしろいね。もともと密教っていうのは、キリスト教が入ってくる近世まで、つまり日本の中世の世界では、一番読みの深い生理学理論といえなくもないもんな」

「ダキニ天の好物は人の頭頂にある六つの粒からなる人黄（じんおう）で、人黄から肛門までを六カ月かけて食うといわれています」

「そうか。ますますおもしろいね。この人黄のある辺りは、視床や視床下部にあたるね。これは人の生理機能を支配する領域で、肛門の辺りにある腎臓や副腎も人の乾湿やエネルギーを調整する大事な場所になる。そうしてみると、真言立川流の教義そのものが、実は非常に生理に即しているといえる。ある意味、即身成仏を雄弁に説明しているのかもね」

「でも、日本の宗教社会で直接に広まるのは、やはり無理だったでしょうね。室町とか中世は、ある意味無法時代だったからともかくとして、統制が強くなった江戸時代には、厳しく禁じられて消滅していきます」

「たぶん勃興期だった鎌倉の頃は、仏像にしても憤怒相のものが大流行したわけだから、同根の歓喜天は喜ばれたんじゃないかな。インドから本家の後期密教的な文物も、それなりに入ってきただろうしね。念仏宗や日蓮宗や曹洞宗など、ユニークな宗派が鮮やかに開花した時期だしね。それから後の、南北朝、室町、戦国の時代、武士にしても、それに従う人たちにしても、権力に関係ない人たちも、一寸先は見えない暗黒の時代が続くわけだから、相当のめり込んだ人も多かったんじゃないかな。まあ、同じ道理で、遅れて入ってきたキリスト教も、よくはやったんだろうなと思うけど。一寸先の見えない世界での救い」

「たぶんその通りです。また次のようにも言えます」

第一、どくろに男女合体の象徴を塗るというのは、死からの再生を意味していて、輪廻の根本原理を踏まえているとさえいえる。仏舎利も、釈迦の遺骨を最高のものとして扱っているわけだ。考えてみると、神聖なものと不気味なものの違いはとても微妙というか裏と表の関係といえなくもない。

だから宗教界からの弾圧で宗教の形としては消滅した後も、その本質は江戸期になっても、芸能など様々な形で、どんどん民衆に入り込んでいった。それは人間あるいは生きとし生けるものすべての本分として、天から認められたというお墨付きのもと、大きな文化のうねりになっている。

「ところで大山さんたちの大山教は、ずっと長い歴史があり、いろんなものを取り込みながら生きながらえてきたと言ってたけど、その立川流は取り込まなかったのか」

「正直なところ、どうなのかわかりません。ひょっとしたら、あったかもしれません。どこかにその形が残った可能性はありますが、とにかく文書に残すことはできなかったので、確かめようがありません」

「まあ、そういうことだろうな。でもね。由美さんがその末裔だとすると、最初いかにもカーリー的な怖いところがあったわけだからね。最近は影を潜めているけど。それどころか近頃は明らかに受容的なというか、変わってきてるんだ」

「そうですか。彼女は、『菩薩道』を歩んでいるのかもしれませんね」

曼荼羅世界

小谷と大山は、ここでもう一度、密教について整理してみた。曼荼羅は、密教の世界観を表す図版。狭義には、空海が唐から持ち帰った、金剛・胎臓両界曼荼羅を中心に説明されるが、根本は、即身成仏（修行の末、あの世ではなく、この世で生身のまま仏に至る）を目指すために、立ちはだかるものも、敵対するものも、すべて包含する世界観を表す。ただ曼荼羅そのものの起源は、インドのバラモン以前の超古代ドラヴィダから続く「集合的自然観」に基づくとされるが、ここでは密教時代から話を始める。


「密教というのはそもそもどんな存在なんだろう」

「まず、私たちが近づくことができない絶対神があり、その導きが得られるよう、必死に拝む、祈る、という宗教的な方法をとらない、ということが根本でしょうね。私たちが修行することによって、私たちにも、仏に至る道が開ける。つまり即身成仏の考え方が根本にあります」
「その世界観を表したのが、曼荼羅ということだね」
「その通りです。空海が唐から持ち帰った、金剛・胎臓両界曼荼羅を中心に説明されますが、この考え方はインドあるいは古代中国伝来ではなく、空海が自身で編み出したもの、あるいは空海が唐で密教を学んだ恵果の教えに負うところが大きいようです。密教の誕生から日本に伝わる頃までの経緯を、もう少し詳しく説明すると次のようになります」

仏陀となった釈尊が、インドに登場したのは、前六〇〇〜四〇〇年ごろとされている。インドでは、古代インダス文明が滅びたのち、前一五〇〇年ごろから、侵入してきた遊牧系のアーリア人が定住をはじめた。

アーリア人が信仰していたバラモン教の世界では、祭祀をつかさどる宗教集団バラモンが最上位の、厳密なカースト制度を構築していた。しかし、都市を中心にして、資本と富の蓄積が進み、バラモンの下の王侯・武士と商人の階級の人たちの知的好奇心が高まって、自由な思索がなされるようになった。このあたりは、それと前後する古代ギリシャと様相が似ている。そして、人の生死や因果についても様々な論考がなされるようになる。その中心的な一人が釈尊だった。

しかし、釈尊の教えそのものは、諦観を主体とはするものの非常に幅広く、実態はやや測りかねる面があるようだ。そのため、前三世紀頃にはおおきな混乱が生じ、保守的な形態を重んじるグループと、新たな解釈と行動を求める改革的なグループに、大きく分裂した。さらに紀元前後になると、多くの新しい要素を含む大乗仏教が成立してくる。これは西方世界では、ローマ帝国がいよいよ勢力を増し、ペルシャなどその東側の地域に大きな圧力を加え始めたころと一致する。

大乗仏教の特徴は次のようにまとめることができる。

一、成仏の可能性を持って、さとりを求めて努力する菩薩という存在が広く認められるようになる。慈悲の働きを持つ観音菩薩などが登場し認知される。

二、観音に代表される、他者の救済に重きを置く利他的な慈悲の思想が重んじられる。

三、信仰する側で専門的な僧侶の他、在野の信者の力が増して、信仰集団を形成するようになる。

四、歴史的に実在した釈尊に由来する釈迦如来以外の阿弥陀などの如来の登場や、経典・瞑想などが持つ神秘的な力や儀式に意義を認め、積極的に評価する動きが強まる。

これらは密教登場の素地をつくった。三、四世紀頃から、民衆の習俗を取り入れながら新たに勃興してきたヒンドゥー教の神が取り込まれる形で、吉祥天や弁才天が登場する。このように、より生活の様々な場面に神や仏を見出し、インド古来の宗教儀礼である護摩や真言を取り入れた初期密教（雑密）が成立することになる。

七世紀頃になると、より体系的な密教が整備され、日本でも真言宗、天台宗など伝統的密教で核心として重視される「大日経」「金剛頂経」などが生まれる。この頃まであまり統一されていなかった以前からの伝統的な仏たちも、本尊として大日如来が登場し、各仏の役割もある程度定められて、曼荼羅世界を構成するようになる。教義も、それまでは口伝による口密（くみつ）が中心であったものが、印相と三昧（さんまい）という、行為の重要性が増してくる。この時期を中期密教という。空海によって唐から日本にもたらされた密教は、この時代のものである。

中国における密教の展開は次のようになる。

インドから中国に密教が伝わったのは三～四世紀と比較的早く、北からの砂漠を越えるルートと、南からのインド洋・南シナ海を渡るルートが知られている。朝鮮半島にも中国とほぼ同時期の四世紀には仏教が伝来している。これは仏教の日本への伝播を考えるとき確認しておくべき点でもある。

中国密教の最盛期は唐代の八世紀前半で、二人の三蔵によってもたらされた。一人はシルクロードを経て「大日経」をもたらした善無畏三蔵。もう一人は南回りで「金剛頂経」を紹介した金剛智三蔵。この二人のそれぞれの弟子たちによって、玄宗皇帝とその後の唐で中国では密教の最盛期を迎える。とくに金剛智三蔵の弟子である不空三蔵は、政治的権力者に積極的に働きかけ、密教の儀式と国家安寧を結びつけて、大きな力を得た。これは、空海による密教の普及と教化の大きなヒントになったものと思われる。

ただ、中国では空海が去った四十年ほど後に、仏教に対する大弾圧（破仏）があり、以後大きな勢力を得ることはなかった。したがって、中国経由の密教文化は、日本でこそ大きな花を咲かせることになる。

しかし、大陸の密教文化そのものの流れをみてみると、やや違う面が出てくる。中国から日本に伝わったのは、大日如来を中心にする中期密教だが、その後、チベットやインドではますます身体生理・行為に分け入る形の密教が栄える。これは後期密教ともいえるが、いわゆるタントラ仏教として知られるものである。ヒッピー文化やヨーガとして、直接現在の西洋社会に還流してくる流れは明らかにこちらに近い。

「なるほど。ヒッピーか。そのあたりで現代とも直接な混交があるし、性的な儀式や要素もたくさん入ってくるんだね」

「そうですね。チベットでは、伝統仏教との調和を図るため、性的要素は極力観念化させていますが、全体として、とても生理面に訴える仕組みになっています。つまりヨーガの世界ですね」

「例の真言立川流も、その辺りが流入してきたものなのか」

「直接チベットやインドから入ってきたのかどうかは、はっきりしません。前にも話したように、平安末期に、醍醐寺の密教高僧だった仁覚が伊豆に流され、伊豆山中で陰陽師と遭遇したところから開かれたとされています。ただ、次のようにはいえます」

密教の教えそのものには、金胎両部の構造からして、男女和合をイメージさせる面はたくさんある。したがって、その気になれば、仁覚ほどの密教の熟達者であれば、チベットやインドの直接的な力を借りなくても、その流れを俯瞰して独自に立川流的な教義を作り上げることはできたかもしれない。

それに平安末期は末法の世のなかで、正純な仏教教義以外に、人々の心に滑り込んでいく様々な信心が盛んだったわけで、鎌倉から室町や安土・桃山にかけても、受け取り手の環境は十分に整っていたことは簡単に想像できる。

どちらかといえば仏教界が、「これはやばい」と思うときにどうするか、のほうが大きな問題だったかもしれない。これはキリスト教がウラニア・アプロディテをどうするか苦慮したことと似ているかもしれない。結局、政治的に江戸の幕藩体制が整う頃につぶされてしまう。宗教的にも、公式には認めにくい面が多そうではある。


「でも、水面下ではそう簡単に途切れる性質のものではなさそうだね」

「まあ、男女の性のことですから、もちろん途切れるわけはありません。宗教にどの程度それを取り込むかの、それは、あくまで宗教側の問題ですよね。でも、けっこう日本ではあまり見慣れない図版なんかもインドやチベット辺りには、残っているみたいですから、それらの一部が何かのルートで流れてきて、その教えを強化したのかもしれませんね」

「大山教団にはそういう要素はないのか」

「さあ、よくわかりかねます」

小谷はかなり怪しいなとみていた。

再び出雲に想う

「ところでね、暗黒面といえば、もう一つものすごく気になるものがある」

「なんでしょう」

「暗黒面なんて言い方をしていいのかどうかわからないけど、根の国、黄泉の支配者『出雲』だ」

「出ましたね」

小谷と大山は顔を見合わせて、少し笑った。

「『縁結び』の神様なんていうけど、つまり『縁』を支配しているってことだよな」

「そうですね。人の生き死に、運命のすべてを握っているってことになります。出雲の支配者であるオオクニヌシが天皇家に国譲りをしたときの約束として、地上界は天皇家が、地下の世界はオオクニヌシの一族が治めることに決めたとあります。そもそものこの話が始まりなわけですから、いわば、国家として公認の地下の支配権ということになります」

「出雲は故郷に近いから、何か観想できるかなと、たびたび訪れてみるんだけどね」

「どうですか。何か感じますか」

「なかなか難しいね。とても多義、多層な感じがする。神社って、どこでも多層で、いろんなものが勧請されているわけだけど。まあ、そうはいっても、おもにこういうものが祀られているんだな、とボヤーッと感じられるところが多いと思う。出雲大社は、何が祀られているのかよくわからない感覚が抜けない。じーっと観想してみても、うまく見えないんだ」
「たしかに天皇家にとって、ということは日本にとって、最も祀られなければならないものが祀られていることは確かです。奈良の大神神社と並んでね」
「先日久しぶりにお参りしてきたときの感じは次のようだった」

鳥居をくぐると、「地（根）界へ」を暗喩しているのか、繰り返しにはなるが、独特の下り斜面の参道。やはりこれは印象的。拝殿直前の参道の中央は神様の通り道で通行禁止。秋のこの地域にしては珍しいほどの穏やかな陽光のなか、拝殿、左右の十九社、本殿の後ろに鎮座するオオクニヌシの父君「スサノオ」を祭る素鵞社とお参りする。

この素鵞社は、ひょっとすると境内で一番「気」が強い場所かもしれない。見ようによっては、中央にオオクニヌシ、左右に十九社の神々が並んで一段高いスサノオを拝しているとも見える。父君に尻を向けるわけにいかないのでオオクニヌシは横（西方）を向いているともいわれる。スサノオは息子と神々の評議にじっと耳を傾けているようにも見える。

「小さいときから出雲大社には何度もお参りしているけど、前にも話したように、いにしえの時代の高層大神殿がまったくの笑い話だったころからね。最近はお参りするたびに独特の緊張感があるね」

「あの高層大神殿の御柱が出てくる前は、古代における出雲の重要性は、あまりまじめに認識されていなかったのかもしれませんね」

「そうだね、仏教世界以前の八百万（やおよろず）の神の総師としての出雲の重要性をね。本気で東大寺の大仏殿より高い神殿を作っていたとはね。熊野でさえ浄土を通して仏教との融合が見えるし、天皇家そのものも途中からはっきりと仏教による統治を意識しているし、『御室（おむろ）』という形で自身も仏教と深い縁を持っている。出雲はちょっと違うんだ」

「やはり天皇家（国家）にとって、何としても鎮魂しなければならない霊なんですね」

「記紀神話のなかで、いわば公式に『国を譲ってもらった』と認めているわけだから、精神的、財政的なことも含めて、いろんな意味で鎮魂しなければならない、あるいは鎮魂されることをゆるされた存在なんだけど、そもそもどういう存在だったのかはよくわからない。夢想するしかなさそうだ」

「原初にはどんな人たちがいたのでしょう」

「日本人のルーツの話から考えてみると、はじめには縄文系のしかも海洋系の人たちがいたと考えるべきだろうね。山岳系ではなかったと思う」

「バイカル湖の南から下ってきた北方アジア系、つまり弥生系のかなり早い段階の人たちが本拠地にしていたのではないでしょうか。たぶんそれが最古の出雲族の直接のルーツではないと思いますが、そこでまず縄文系の人たちとかなりの軋轢（あつれき）があった」

「早い時期の弥生が住み着く条件はあったと思うけど、実際に出雲が神話に登場するのは、ヤマタノオロチつまり鉄を扱う人たちからだからね。これは、いつどこから来たんだろう。その後の四隅突出型の古墳やら独特の文化が生まれる頃からが強大な民族が存在した証拠の時期になるんだけどね。どうもその前から何らかの強い集団が存在していた」

「そうですね。スサノオの前にはすでに退治しなければならない勢力がいて、さんざん苦労して平定して、その文化の拠点にしうるような土地にして、さらにその子孫のオオクニヌシが政治的にも安定させたところで、『高天原からの使者』ですからね」

「その高天原の勢力ってのは一体何なんだろう」

「よくはわかりませんが、奈良の纒向(まきむく)と九州には強い勢力があったはずです。纒向には、卑弥呼の墓との説もある箸墓古墳もあり、日本が弥生期から古墳期に移る時期にとても強大な勢力があり、それが大和政権の原型だといわれていますね」

「やはりよくわからないな。いくら出雲に強い勢力があったとしても、大和に伝統的にそれだけの勢力があれば、そこまで出雲に気を使う必要もない気がするけどね」

「そこはまた謎です。纒向の勢力の出自がそもそも出雲ではないかという説も強いし、二つの勢力がほぼ同族だった可能性は大きいかもしれませんね。神話の中ではオオクニヌシとともに国造りに励んでいたスクナヒコナが退場したあと、その国造りの仕事を助けたのが纒向つまり三輪山の辺りにいたオオモノヌシだとされています」

「二〜五世紀の日本は、ニギハヤヒを中心にした緩やかな連合のなかに、出雲や熊野や諏訪や九州の勢力がいた、という構図になるんだろうかね」

「まだ中央集権的な形ではなかったでしょうから、ある集団にとても優れた人が出れば、そちらが中心に、その後を継いだものがだめなら、また別の集団にというようなことを繰り返していたんでしょうね。この列島が天皇家中心の系譜にまとめられるまでに、いくつもの王朝が成立し滅んでいったのだろうと思います」

「そして、その最後の段階で出雲にはやはり大きな存在があったんだろうね。オオクニヌシとして描き出される何かあるいは何者かがね。たしかに大社を創って祀らなければ大変なことになる。それに出雲大社の周り、とくに東側と東南つまり出雲と大和の間に入るような感じで、今でも熊野やらサルタヒコやら様々なものが鎮座している。それとそのルーツにケルトと地中海世界を持つラフカディオ・ハーンの存在も、このあたりの情景に何というか消し難い匂いを付け加えている」

「この話はやはり繰り返しになりますね」

「まあ、それだけ気になっているということだよね。いくら夢想しても尽きないね。もっとよく感じてみたいな」

第七章　原罪

イスラム世界

小谷と大山の対話はもう一度メソポタミアに戻り、今度は西に向いて流れてゆく。

「メソポタミアの大地母神が東に向かってイランやインドを経て観音となり、西に向かってバビロニアやアッシリアを経てアプロディテになるのはなんとなく理解できたけど、あの辺りを構成するもう一つの大きなもの、アラブの砂漠とイスラムはどう理解すればいいんだろう」

「イスラムですか」

「そう、イスラム。砂漠の祈り。以前の由美は、自分の夢について乾いた砂漠の場面から語り始めることが多かったんだけど、今はそれがなくなった。アスカロン神殿以外はね。以前は由美を通して、ある程度砂漠の世界を観想できる感覚があったんだけど、少し遠くなってしまった。アラブやイスラムを観想しにくくなったのは少し残念だ」

「砂漠の祈りですね。これもうかつなことは言えませんが、大雑把には次のようにくくれるかもしれません」

マホメットが現れてイスラム教が成立するまでのアラブの世界は、おそらくアフリカの砂漠からサバンナに展開するベドウィン族のように、部族やもう少し小さな単位で、家畜を追いながら暮らしていたと思われる。その頃はそれぞれに自分たちの神を持っていた。

古代の王国はバビロニアにしてもペルシャにしても、宗教的には部族的な信仰を否定する強圧的なものは持っていなかっただろう。部族的なものをうまく調整していたということだろうか。それが多民族の集合体としてのバビロニアの弱みでもあった。

その後、イスラム教の流布によって、祈る対象と流儀が統一されてきた。アラブにはたしかにイスラム以降、仏教やヒンドゥー教が流布する地帯とは異なった世界が展開しているように思える。それまでは砂漠と森の違いはあってもやはり多くのものが混交、融合した世界だったはずだ。


「このくらいは言えそうです。ただ島嶼イスラムは少し事情が違います」

「なるほど。イスラム世界は日本とも最近にわかに近くなってきたね」

「イスラムって湿潤な東南アジアの多島地域にもしっかり根付いてますね。そちらのほうが日本への影響は直接的で大きいです」

「そうだね。東南アジアのイスラム。アラビア商人が持ち込んだんだろうけど、あまりとがった原理的な臭いはしない。それにしても、しっかり根をおろしてるね。ヒンドゥーや仏教的な文化とも決定的な摩擦がそれほど起きている気がしないし。しかも自分たちの律法はしっかり守っている。日本は長くイスラムとはあまり縁のない国だったんだけど、最近になってやっと交流が活気づいてきたね」

「東南アジアへのイスラムの根のおろし方は興味深いですよね。ヒンドゥーや仏教との棲み分けも含めてね。東南アジアの小乗といわれる仏教形式もイスラムの影響がある気がします」

「ほう、どういうことだろう」

大山は次のように解説した。


イスラム教というのは偶像崇拝を否定しますから、祈るとき、心のなかに、自分で依り代を立てなくてはいけないんですよ。依り代という言い方は少しまずいかもしれない。像にならないアラーのイメージをね。これはすごい緊張と精神集中を要求する作業だと思うんです。制限の多い小乗仏教の感覚に近いと思うんですよ。

どこにでも神はあふれているという汎神論的な大乗仏教の感覚は、東南アジアでは無理に仏教にすがらなくても、ヒンドゥー教というものがあるわけですから、あっさりそちらにお世話になればいい。したがって大乗仏教ははやらない。逆にイスラム教徒もなんとなくヒンドゥー教や仏教的な味を備えてしまう。東南アジアの、あらゆるものが絡まって融合している環境ではね。


「ほう、そういう理解でいいのか」

「学問的にどういわれているかは、私にはわかりません。うまくいろんなものを乗り合わせる神道曼荼羅みたいなもんですね。そういう印象を持つという話です」

「まあ、いいけど、それにしても日本にイスラムの人たちが増えてるよね」

「そうですね。アラブの中核的な同胞イスラムではないけど、東南アジアからたくさんイスラム教徒の人がやってきますね。原理的ではなく、やはり経済的なやり取りのなかで、という感じなんでしょうけど」

ISのこと

「それに、ISの日本人殺害で、日本におけるイスラムは一気に注目度が増してしまった」

「不幸なことでしたね。逆に、ISなど過激グループはともかくとして、イスラムにとっても、日本に対する注目度は上がってくるんでしょうか」

「さあ、どうだか。わからない。特に変わらない気もするけど、これからの日本の対応次第だろう。ISとかの過激派とか難民とか注目されてしまうけど、イスラム十六億人の多くの人たちは、私たちとあまり変わらない普通の生活をしているわけだ。その人たちが日本をどう思うかもすごく気になるね」

「過激派グループや難民はやや特殊な存在だけど、どの地域の人たちもそうなる可能性があるわけです。いまの時流のなかではね。さっそくシリアで始まりましたけど、ああいう形のディアスポラはあの地域では本当に何千年の昔から繰り返されている。それに今の難民の発生には、アメリカやヨーロッパなど非アラブが深くかかわっている。過激な人たちの主張には、普通の生活をしている人たちの心をくすぐるところもありそうですね」

「まあな。みんな、心の中では、ISの欧米に対する心情として伝えられるものは、『その通りだ』と思ってるかもな。その残虐性は否定しながらもね」

「そうですね。一方で、世界にあるすべてのものの調和を考えるとき、ＩＳのあのやり方でいいのか、と多くの人たちが思っていることもたしかです。心境は複雑でしょうね」

「イスラムの人たちも、世界には多くの異質なものがあることはよく知っている。それにね、中東のあの現場にいると、アメリカや欧州の国々の国家としてのエゴが、もう少し露骨に見えると思うんだ」

「部族間や王族間の争いを利用して、自国の利益を上げようということですか」

「まあ、そんなところかと思うけどね。ただ、あの辺りの部族間の抗争というのは、古代から連綿とやっているので、ちょっと私たちには何がどうなっているのか理解しにくい。古代バビロニアもアッシリアも部族そのものを解体するのではなく、その生活に関する戒律や宗教的要素はぎりぎり認めながら束ねて、ひとつの国家的集団にしていた。イスラムがそれを崩したとしても、サラセンやらオスマン・トルコの強大なイスラム帝国も、とりあえずの調和をもたらしていたんだけどね。まあ、そう言われているけど、それも本当はどうだったのかわからないな。大航海時代の植民地主義に加えて、近代からの二つの世界大戦で、欧米の意図のためにアラブのバラバラ感が強くなり、ますますわかりにくくなっている」

「バラバラ感があるということは、武器商人たちにとっては好都合なんですよね」

「その通りだね。世相が荒くなればなるほど、『しめた』と思う人たちがいる。まあ、そのようなことと、次のようなことが、文明のあり方というか、ひとつの見方だ」

鉄の功罪

ノアの洪水以前の文明の跡地を探ることはほとんど不可能だが、ひとつ確かなものとしてトルコ東部のギョベクリ・テペが知られている。これは約一万年前の祭祀場を中心とするもので、この頃少なくとも小麦を巡る大規模な取引が行なわれていたと推測される。つまり都市的な生活が存在していたということ。このチグリス・ユーフラテスの上流地域からアナトリアにかけては、それから下る時代にも繰り返し文明の萌芽がみられた。

文明が進化していくなかで、文明史上もっとも複雑で有用であるとともに、ある意味もっとも厄介な物質であるともいえる鉄の精製法が編み出されたのもこの地域とされる。ただ、それも同時期にいくつかの場所が知られていて、確証には乏しい。少なくともこの地域で優秀な製鉄技術を持っていたことで知られるのがヒッタイト。

このヒッタイト、出自がよくわかっていない。そのあたり、つまりアナトリア先住という説もあるし、北方からコーカサスを越えて侵入していたという説もある。いずれにしても、ヒッタイトは、鉄の威力で古代バビロニアを滅ぼしたとあるからよほどなことだが、鉄のあるところにいつも最強の武器があった。

その鉄や武器を取引することで、文明発展のごく初期の段階からアナトリアの北方で商業的な都市生活を営むことで知られるアルメニア。ノアの洪水で船が乗り上げたとされるアラトト山のふもとに広がるその首都エレバンは、世界最古の都市のひとつに数えられる。狡猾で知略に満ちたアルメニアの商人たち。これが東進して中国の中原に展開する勢力となったのかもしれない。この読み方はそれほど無理ではない。これらと鉄が結びついて現代につながる中国文明が開花する。

歴史的に、商品としてやり取りされるものは、兵器、食料(含む家畜)、人だ。特に大きなお金が動くのは兵器。兵器のやり取りなしで、本当に資本が回るのか、このことは、じつは歴史上一度も証明されていない。

「そうだね。どこかでそれなりの規模の戦闘がおこっていないと、つまり武器がどこかで大量に消費されて、そのうえ産業の根幹をなす施設・設備の大きな破壊が起きないと、資本がうまく回って経済が成長することはできないのかもしれない。造っては壊しの循環がないとね。その舞台が今は不幸にもアラブなのかもしれない。皮肉なことに投資型社会を回す投資マネーは、主にアラブに蓄積されているわけだけどね。タコがものすごい勢いで自分の足を食い散らかしているようなものだ」

「日本もその泥沼に足を踏み入れるんでしょうか」

「勘弁してほしいけどね。戦後の日本はこれまで、武器を売らなくても経済を成長させることができるか、という壮大なテーゼに挑んできたわけだ。経済的力量のある平和大国を目指してね。ある時期他国に侵攻もし、科学兵器として究極の化け物である原爆の犠牲にもなった日本が進んできた道なのだから、その挑戦の意義はどこの国も認める。七十年間それを国是にしてきた」

「国是ですね。第二次大戦後、世界の警察であることを国是にしてきた国やら、表現の自由を何より重んじてきた国やらいろいろあるけど、日本は、不戦を国是にしてここまでがんばってきたんですよね」

「その通りだ。ただね、発展途上だと、一時期それはできるんだ。一度その国の経済が世界に影響を与えるほど天井を打ってから後、それができるのかは、日本を含めてどこもそれを証明していない」

「たしかにそうですね。日本も低成長の時代はものすごく苦しかった」

「結局は、私たちがどこまで我慢できるかみたいな話になってくる」

「たしかに」

イスラムとキリスト

「ところでイスラム教とキリスト教ってどういう関係にあるんでしょうね」

「それについても、うかつな発言はできないけど、一応、自分のなかでは次のようなイメージを持っている」

　イスラムとキリスト教はユダヤ教から発した兄弟教。じつはかなり重なる部分があると思うし、実際イスラムの聖典クルアーンはユダヤの聖典いわゆる旧約聖書から発している。後発した分だけイスラムのほうがより純粋な一神教的な面を持っている印象が強い。

イスラムの法は部族同士の闘争と殺戮に満ちた砂漠地帯で、みんなが一つの神に服し、祈ることで、平和な生活を維持しようという決意が投射されたもの。すべてを焼き尽くすとともに再生もさせる天上の偉大な存在のもと、砂漠の浄化作用をそのまま人間界の営みに落とし込んだようなものなのかもしれない。カーバの神殿に集まる部族の神たちの上にアラーという大きな存在を据えようとする運動。

いくつか大きな前提がある。まず決して神は人の形をしていない。それは砂漠や岩山を生き抜くための大いなる律法として現れる。その律法に気付いて回帰せよ、というのがイスラムの根本的な教えと思える。キリスト教は明らかにそれを大きく逸脱していると。

ただ、その教えを信じる内部では教義が有効だけれど、教えを広げようとすると、その外部には絶えずそれを認めない勢力があるわけで、結局なかなか戦いが終わりを迎えづらい。そこにいくと、以前にも述べたように、インドや東南アジアの島嶼イスラムは、うまく周囲と調和している感がある。

もう一つ注意しておかなければならないのは、ギリシャからローマ、ビザンチン帝国と受け継がれた科学や文化の果実は、中世においては主にサラセンなどイスラム帝国に受け継がれたということ。西欧が文化的に暗い時代を送っていた中世、装飾や測量、占星術など科学に属するものはイスラム世界で発展を遂げ、ルネサンス初期に、それを目にしたガリレオなどがヨーロッパに持ち帰ったと考えるのが妥当である。

キリスト教の道

一方、キリスト教はローマ帝国と結び付くことによって、一気に世界宗教として広がったわけだけれど、まずそのもとになるユダヤ教からみていかないとうまくとらえられない。

旧約聖書によると、バビロニアを出自とするアブラハムがカナンにユダヤ民族の地を開いた。その子孫は一時エジプトに移住したが、紀元前一二八〇年、モーゼに率いられた一団がエジプトを脱出し、シナイ山で神ヤハウェと契約を結ぶ。その後カナンに定着し、十二部族からなるイスラエル民族が繁栄した。前一〇二〇年ごろヘブライ王国が成立するが、やがてイスラエル王国とユダ王国に分裂した。前五八七年にユダ王国が新バビロニアに滅ぼされ、王国の政治・宗教的指導者を含むおもな人たちがバビロンに捕囚される。

この五十年に及ぶ捕囚の期間に、旧約聖書の天地創造の物語などユダヤ教の根本的な見直しが進められ、エルサレムに帰還した後王朝の復興はならなかったが、ユダヤ教団として生きる道を選ぶ。ただし、このときエルサレムに帰らずバビロニアの旧地に残るもの、そこから他の地に旅立った人たちも相当数いた。そのなかには東進したものもいたはずで、アジアにおける様々なユダヤ教伝説を生むことになる。

その後ユダヤの都エルサレムは起元前後にローマに征服され、ユダヤ教の民たちは再びディアスポラの苦難を味わうことになる。そのころのユダヤの民の信仰や生活の様子がどのようなものだったかは、死海西岸のクムランの洞穴で発見された聖書の写本群『死海文書』によってうかがい知ることができる。『死海文書』については、キリスト教誕生の秘密をもそこから読みとこうとする人たちもいる。

やがてユダヤ教徒のなかから新しい預言者・救い主キリストが現れ、その弟子たちがキリスト教を発展させていく。

キリスト教は、出自は砂漠に近い環境の中だったわけだが、ローマ帝国領内をはじめ、多くの殉教者を出しながら、じわじわと浸透していく。後三〇〇年代になり、まず黒海のほとりの古代からの国家アルメニアに国教として取り入れられる。次にエチオピアで国教として取り入れられるが、コプト教を含め、このあたりまではキリスト教も生神女（しょうしんじょ）（神の母）を中心とする大女神の影を残している。

その後ローマで国教となり広く世界宗教となっていく。ただ生まれ育った砂漠ではそれほど広がらず、イスラムの一神教的な思想に席巻されるのだが、中南米とか北西ヨーロッパなど、どちらかといえば多神教が似つかわしい深い森の地域により広がった感がある。その状況下ではマリアの存在がより大きかったのかもしれない。母神の影をまとったマリアのほうが圧倒的に支持された。ロシアや東欧でも独特の広がり方をする。

この後四～五世紀はアジアにおいてもまた様々なキリスト教伝説を生む。仏教の伝播とも時間的にそれほど差はなく、中国における景教など多くの慎重に読みとかなければならない問題を残してゆく。

「たしかにキリスト教の成り立ちを考えようと思えば、まずユダヤ教について観想しなければ始まらない。目安として旧約聖書などにしたがうことになるのだけどね」

「ユダヤの祖アブラハムは古代バビロニアが出自とのことですが、そのバビロニアがヒッタイトによって滅ぼされたときに、ディアスポラとして一部の人たちがカナンに移ったと考えていいんでしょうか」

「その可能性はありそうなんだけど、どうなんだろう。カナンだけでなく、同時期にものすごく大規模に知性が四方に飛び散ったのではないかな。北にも西にも東にもね。東に散っていった人たちがシルクロードの原型を作ったんだろうね。カナンにやってきた人たちは南に進んだということになる。ある程度エジプトと関わりのある人たちだったかもしれないね。エジプトの庇護が望めなければ、あの辺りには住めない」

「たしかにその通りですね。もともとエジプトに縁のある人しかカナンには近づけない」

「それと同時にとても気になるのは、なぜユダヤ教がその頃一般的だったはずの大地母神・大女神信仰にあそこまで徹底的に背を向けてしまったかだね。母親殺しとでもいえるようなね」

「そうですね。なにか女神に対して恨みでもあったんでしょうか。ユダヤ教の共同体では独身の男性集団というのが知られていますけどね」

「わからない。女神の名のもとにエルサレム神殿を倒されてしまったからとか、いろんな経緯があるのかもしれないけど、それはよく知らない」

「それと死後の世界を認めない極端な終末的思想と選民の感覚とメシア思想。救い主というのはどこにでもあるものだと思うけど、世界の終末を意識し、自分たちが選ばれた人たちだという強い感覚もすごく独特だと思う」

「たしかにね。東洋的な感覚だと、地震や津波などの天変地異が起これば、当然人も死ぬし、転生輪廻、流れのままで、まあ、仕方がない、ということになるんですが、たしかにそこは違いますね」

「なんというのかな、大きな原罪意識を感じるんだよ」

「どういうことでしょうか」

「まず、大地母神にとって象徴的な存在といえるヘビが、聖書では根源的な悪者にされている辺りから、わからなくなってくる。これはどういうことなんだろう。そういうこととは別に、原初のユダヤの時期、バビロニアからのディアスポラの時期に、カナン辺りで何かとてつもなく大きな罪を犯した、という記憶を引きずっているのじゃないかという気がするんだ。それが原罪意識につながっている」

「わかる気もしますが。どんなことでしょうね」

「何か大きな民族を徹底的に殺戮してしまったとか。カナンに定着する過程で、とんでもないことが起きたんじゃないのかなという気がする。だから、自分たちが神に選ばれてしまった。殺戮戦の末、何かの偶然『神のしるし』も手伝い、自分たちは残り相手は滅んだ、という選民と原罪の表裏一体の感覚があるんじゃないかと思うんだ。その大きな原罪意識が同胞感の根本になっているじゃないだろうか」

「それがバビロンの捕囚でより増幅されたということですか」

「そうだね。バビロンの捕囚もだけど、そのあとさらにエルサレムはローマに占領されてるだろう。これもひどいトラウマを引き起こすよね」

「そうですね。結局そのディアスポラの感覚が現代のイスラエル建国につながっているわけですもんね」

「そうだ。そしてもうひとつ、ユダヤの人たちの嘆きも深いけど、逆に考えると、ユダヤの地を滅ぼしてしまったローマは、そこから生まれたキリスト教をあとで国教にするわけだから、これはどうしようもない罪の意識にさいなまれても仕方がないと思うんだ。親殺しをやってしまったあとで、その親が精神的支柱にしていたものを自分たちも精神的な柱にしたようなものだからね。これが悲劇でなくてなんだろう。こちらもすさまじいトラウマになっても仕方がない。親殺しもヨーロッパの文化の源流だ」

「なるほど」

「『死海文書』にはね。迫りくるローマを『闇の子』と呼び、一度は征服されてもやがて復活する自分たちを『光の子』とあらわしている箇所がある。マサダとか悲惨な戦いを経てね。紀元前後には、ローマはユダヤばかりじゃなく様々な古代世界を破壊してしまったんだけどね。その少し後には三千年続いたエジプトもね」

「たしかに」

「そう、それをやってしまったローマの末裔の自分たちだから、自分たちはこの世が終わるまで、いつも一番強くなくてはならないみたいな強迫観念がね、あると思うんだよ」

「なるほど。では、最低でも、キリスト教徒でなければ、同胞とは認めないということですね」

「そうだ。たぶんね。この宿命というか血の掟はとてつもなく強いと思うね。そのため彼らは負けるわけにはいかず、いつも最高の武器と科学知識のある民族とともにある。まさに宿命なんだ」

「だから結局いつも富と武器を握る勢力の免罪符のような存在になってしまっていると」

「たぶんね。これは仕方がないことなんだ」

「日本ではそのような殲滅戦は行なわれなかったんでしょうか」

「そうなる前に日本独特の契り方をしたんだろうね。天皇家にかかわる原罪的な空気は、出雲と熊野に強く感じるけど、殲滅戦にはならなかった。つまり本地垂迹的な国譲りの契り、融合をね、実行したわけだよ」

「なるほど。わからないでもないです。神道と仏教も同じですね」

　小谷はこの対話を次のようにまとめた。

　だから逆に、西洋のルネサンスから近代までの歩み、つまり科学と自由を旗印にした、キリスト教と神・王権からの離脱、つまり神殺しには、やはりちょっと簡単には語りきれない重さと深さがある。しかしやってしまった以上、立憲民主を旗印にした社会は何としてもそれをみがいて育てなければならないと決意したんだね。神のお告げや王の気まぐれで大事なことが決まる仕組みからの決別。

でも、いまのところ、議会民主的主権や元首制が王権主体の世界より長く続くという保証はどこにもない。たぶん歴史のなかで一番長く続いた統治は、エジプトと東ローマつまりビザンチン帝国だけど、どちらも専制君主あるいは王政だ。人民統治では、よりアポリアが広がってしまうからね。かえって難しいのかもしれない。それに文明も、全体から見れば劣化してるんじゃないかと思えるところも多い。科学がその劣化を促し、劣化したところを科学が補うみたいなまずい循環がね。

ただ、そこでひねり出されたものが、いま私たちの前に広がっている光景なわけだからね。世界の起源にしても宗教にしてもね。少なくとも西洋を語るときには、議論そのものが、そのような流れというか、近代の土台の上に乗っていて、私たちはそれを踏まえてしか語ることができない。このことはよくわきまえておいた方がいい。

「ところでそのエルサレムや死海の南にはナバテアというといういろんな意味での緩衝作用を持つユニークな文明が存在していたのはご存知ですか」

「ペトラのある辺りだね。とても栄えた交易路があったということは知っているよ」

「そのあたりのことです。亮君と以前に議論になったことがあります。その辺りは極端に雨の少ないネゲブという砂漠地帯なんですが、ずっと以前から南アラビアを経て地中海に抜ける交易路を仕切る遊牧的な人たちが展開していました。それがユダヤのバビロン捕囚の頃から文明としての形を整えてきます」

「それはバビロンの捕囚時にユダヤの人たちが逃れて砂漠に紛れ込んできたということか」

「その勢力の持つ文化も大きかったと思うんですが、その東南の南アラビアには以前からシバの女王で知られるサバ王国が存在していました」

「ユダヤの出エジプトの頃には存在が知られていて、その女王が多くの財宝を携えてエルサレムまで出かけ、ソロモンと会ったというやつだね」

「そうです。そのサバ王国の文化を担った人たちが、高度な水資源の管理技術を携えて、バビロンの捕囚までに少しずつネゲブ砂漠に移ってきていたんです。文明という名を与えられるのは紀元前後くらいにペトラの遺跡を造ったからなんでしょうけど、それまでにも徐々に高度な社会を整えてきていたんですね」

「ほう、どんな社会なのかな」

「まず多くの部族から構成されていたという基本的な形があります。外から入ってくる部族を拒まない。ただ外から来る人たちも、ほとんど水のない世界ではその地域で確立された律法つまり生活上守らなければならないことを順守しなければ生きてはいけない。これは外から攻められるときも同じ原理が働き、何度か攻められるのですが、敵は水のない砂漠に誘い込まれ戦わずして渇死してしまう。水のありかと管理の仕方を絶対の秘密条項にしていたのです。そのためエジプト、ユダヤ、ギリシャ、ローマと強い勢力もこの地を征服したことは一度もないんです。最後ローマの属州にはなりましたが、ほぼ自治が保たれていたようです。つまり強力な緩衝帯になっていたんですね。そのすぐ隣のエルサレムは何度も破壊の憂き目に遭ったのですが」

「すごいな」

「そうですね、砂漠が本拠という特殊な環境も幸いしたのでしょうが、ユダヤのように単一民族の浄化にこだわることなく、流入してくるすべての人たちをその構成員にしていったんです。まあ、喧嘩していては生きていけない過酷な環境にいたということもあるんでしょうけど」

「宗教はどうなっていたのかな」

「サバ王国の伝統を受け継ぐ太陽信仰だったようです。ただ、ローマのキリスト教迫害時代には逃れてきたキリスト教者たちの教会がたくさん建ったようですし、イスラムが興隆して来るとイスラムをすんなり受け入れて、やがてキリスト教の視界からは消えていきます」

「なるほど。砂漠のなかの最も柔軟な身の処し方だね。ある意味、何でもありの森のなかでの身の処し方とも共通点があるかもね」

「そうですね。いろんな意味でユダヤとは対照的な文化です。そしてその伝統は消えてしまったのかというと、案外今のヨルダンがその伝統を受け継いでいるのかもしれませんね。アラブ世界とも西側世界とも付き合える独特の立ち位置を見ているとね。地理的にもヨルダンはナバテア文明圏とよく重なっています。パレスチナとイスラエルが激しくやり合っている地域のすぐ隣にあるというのもそっくりです」

「そうだね。ヨルダンのような腰のしなやかな国がいきなり現れるはずがない。キリスト文明圏から一時的に見えない位置にいただけで、ナバテアの柔軟性はヨルダンにしっかり受け継がれているということなんだろうね」

キリスト教の浸透

「その通りです。そろそろ日本におけるキリスト教の浸透に話を移していいでしょうか」

「そうだね。そうしよう」

「キリスト教は、日本にはいつごろから入り始めたんでしょうね」

「それもよくわからないな。さっきも話したように、ユダヤやキリストが日本に入る機会が何度かあった可能性はある。実際、中世以前にもユダヤや『キリスト的』なものが入ったと主張する人もいるし、その痕跡もないわけではないけど。日本の超古代を描いたという竹内文書や、中国のキリスト教勢力といわれる景教の流れをくむ秦氏の存在などだね。でも、公に認められる文章や物証が残るのは、やはり中世、戦国時代以降ということになるんだろうけどね」

「鉄砲の伝来とキリスト教の広がりがほぼ同時進行になっているので、やはり鉄砲が欲しくて布教を許した、みたいなイメージがなくもないんですが。キリスト教は精神的にも当時の人たちに訴えるものが強かったんでしょうか」

「新鮮なイメージだったことは間違いないだろうね。それにキリスト教の説く天国は、日本に定着していた極楽浄土に似てもいる。それほどの違和感はなかったろうね」

「ある程度公に布教が進んだのは、やはり信長の存在が大きいんでしょうか」

「よくわからないところが多いんだけど、信長はね。まず、気になるのが、本拠を安土に定めたこと。もちろん彼の拠点である美濃・尾張が近いことは大きかっただろうけど、この地は古代から京の裏側で外来の勢力が動いていた場所だろ。堺とは少しタイプが違うけど、有能な近江商人の拠点でもある。キリスト教を有効な外来勢力と見たとすれば、ここが一番やりやすかったのかもしれないね。例の秦氏の拠点でもあるしね」

「近江はおもしろいところですね」

「そうだ。第一、琵琶湖って、地中海や黒海に似ていなくもない。おもしろいところだね。一度だけ、ぐるっと湖岸を一周したことがあるんだけど、まだよくつかめないんだ」

「前から気になっているんですけど、信長は湖西の比叡山を襲撃していますよね。あまりにも大きなものを敵に回しすぎる気がします。日本の精神を背負う大きなものをね。なぜ襲撃したんでしょう」

「たしかにね。ただその頃はどの宗派も戦国時代を生き延びるために強力な兵力を持っていたわけだから、戦略的な面は否定できないと思うけど、信長は一種の宗教戦争を仕掛けたのかもしれないね。石山本願寺は宿敵のようなものだったし、高野山とも敵対している。それまで日本を背負っていた宗教的屋台骨に挑戦したようなね。それだと、自分はキリスト教で、という思いもわからなくはない。どこかに心の拠り所を置かないと、ちょっとしたことが生死に直結するあの時代、とてもじゃないけどやってられなかったと思う」

「そうなのかもしれませんね。逆に、湖西は明智光秀にとって居城があるばかりでなく、精神的にも拠点だった。光秀に信長殺害の決意をさせても不思議はないかもしれませんね」

「それに湖北は石田三成にゆかりがあるだろう。近江って、信長、光秀、三成って戦国から江戸までのこの国を陽に陰に造り上げてきた人たちの揺りかごだったり、隠れ家つまりあなぐらだったりするわけだよ。しかも、その北にはさらに白山や気比(けひ)など、独特の宗教的雰囲気を持った地域がある。伊吹山から湖北にかけては、新羅の姫伝説、安曇族の痕跡など古代の匂いも強いしね。観音が多いことでも有名だ」

「なるほど。とても深い場所なんですね」

「そう。それにどう見ても、あの辺りから北方にかけてはやはりキリスト教的な匂いをかぎ分けずにはいられないところだね。外来ということも含めて、ずっと古代からね」

「キリストの墓ですね」

「それはともかく、話を中世に戻そう。キリスト教使節団が意図したのかどうかはともかくとして、キリスト教は侵略の先兵的な働きを持ってしまった感がある。使節団自身はともかくとして、ヨーロッパの本国は間違いなくそういう意図をもっていただろうね」

「当時の世界の一般的な流れからすればその通りでしょうね」

「戦国から豊臣くらいまでの日本もどうなるかわからない時期があった。豊臣の時代にね。領土獲得の先兵としてのカトリックの動きを見抜いて秀吉が禁教に振れた。でも中途半端だったみたいだね。本格的な弾圧が始まったのは、徳川になってからだ。まあ、先兵といえば、近世のプロテスタントなども、科学をはじめとする人間の物欲の守り神として働いてしまった面はありそうだけどね」

「いずれにしても、中世のキリスト教の浸透は、かなりのものだったんでしょうね」

「記録に残ったり伝えられるよりは、深く分厚く入り込んでたんだろうね。関ヶ原の合戦でね、もう少し膠着状態が続いていたら、東西が、東国武士団と西国キリスト教武士団の対立みたいなことになっていたかもしれないな」

「なるほど。どちらが勝つかわからなかったかも、ですね。西側にはスペインやポルトガルが付くでしょうから、西が有利になりますか」

「いや、それはわからないな。キリスト教は、西にも東にも明日のない武士たちを虜にする魅力は十分持っていただろうし。新鮮だったと思うよ。とにかくヨーロッパの国々とすれば、武士たちが両軍に分かれて武器をどんどん使ってくれるとありがたいわけだよ。今の中東やあちこちでやっている戦闘と同じ構図さ。どちらもぼろぼろになったところで、鋭く介入していく。軍・産・政治が巧みに連携しながらね」

「なるほど。どうなっていたかわからないですね。西が勝ってキリスト教が広まっていれば、今の日本的な文化・アイデンティティは何も形成されなかったかもしれませんね。それらは江戸時代に深く醸成されたわけですから」

「そうだ。明治維新が早く来たというようなポジティブなことにはならない気がする」

「占領されるか、ごちゃごちゃにされたんでしょうか」

「とにかく徳川の世になって、幕府はキリスト教に対して厳しい禁制を敷いたので、私たちがいま歴史に見るような形になっているわけさ。でも、実際にキリスト教の浸透は止まってしまったのだろうか」

「侍は表だって信仰はしづらくなったと思いますが、民衆レベルではまた話が違うと思います。一向宗との関係も問題になりそうですね」

「そうだよな。一向宗もすごく深いところで、キリスト教にとても似たところがある。それに、信長が安土にキリスト教のための学校を作ったりしているわけだから、少なくとも、北回りで東北まで到達しているはずだ。その辺りでは浄土系はものすごく強い」

「キリシタン遺跡としては、仙台伊達藩のキリシタンとして知られる臣下の領地でメダイやロザリオと思しきものが発掘されているようですね」

「そうだ。秋田の佐竹藩の重臣にもカトリック信者がいたようだし、青森には『キリストの墓』なんてものもある。その辺りにはコーカソイドの遺伝子を持つ人たちがいるという話もあるから、なにかしらユダヤに関係のある人たちがやってきた可能性はあるかも知れないね」

「あれはなんでしょうね」

「よくわからないけど、キリスト教の聖者のような存在がいたと考えるほうが無難だと思うな。その後も脈々とその教えを受け継ぐ人たちがいたかもね。由美さんの家系のように、隠れながらね」

「たしかに」

「江戸期のはじめに徹底的な弾圧が行なわれたわけだけど、公的にはつぶされても、地下ではつぶれるわけがない。キリスト教はそういう強さを持つ宗教だと思うよ」

「でしょうね」

「ところで、これまでイスラムは、日本に入ったことはなかったのかかな」

「つまり、それは、アラビア商船が大挙して押し寄せてきたことはなかったのか、ということになりますね」

「なるほど。まあ、そういうことだな」

「一、二隻流れついたことはあるにしても、イスラムというムーブメントを起こすことになった証拠はなさそうですね。その時代には、船の性能がキリスト教国のものより劣っていたでしょうから、日本まで来るのは難しかったのかもしれませんね」

「でも、山田長政とか東南アジアに行き来した人間はいるわけだし、イスラムについていくらか知ってはいたんだろうね」

「でもキリスト教のような一大ムーブメントにはならなかったということでしょうね。ただ原初イスラムということだと、福岡の沖ノ島などまで含めると、少しややこしいことになるかもしれませんね」

「ああ、中近東のものがたくさん埋まっているという島だね。それにしても、イスラムの価値観、善悪の判断には、私たちにとってやはりかなり分かりにくいところはあるね」

「たしかに。でも、行為はめちゃくちゃでも、声高に叫ぶイスラムの原理主義者の言い分はもっともだという面もあるわけですよね。しかも欧米の投資型資本主義の行き過ぎ、汚さを糺す面は確かにあります。それに過激なグループや難民を生んでいるのは、いつも議論になるように、西側世界にも大きな原因がある」

「そこをどう見るかだよ。イスラムははじめから成長を前提にしていないようなところがあるけど、キリスト教は途中からその成長の擁護者のようになっている」

「人類にとってどちらがより正しいか、というか、より長く生き延びようと思えば、どちらが望ましいか、みたいなことになると、よく考えなければいけませんね」

「イスラムの最高権威アズハルの声明が出たところで一気にＩＳの勢いがなくなれば、イスラムとキリスト教世界はそれなりに調和しているということになるんだけど、逆にじりじりアラブの怒りの声が増長していって、中東からアフリカにかけてキリストというか欧米がまったく足を踏み入れることができない地帯が出現する可能性はまだあるね」

「文明の衝突ですね。ただ、大分裂ということにはなりにくいと思います。何らかの形で西側世界が脅かされることにはなるかもしれませんが」

「なるほど。そのとき、兵器を外に出さない経済大国日本は大きな役割を持つと思うけどね」

草原をかけるもの

小谷は話しながら、キリトが繰り返し見る夢のことを頭に浮かべていた。

キリトは中央アジアの草原と思しき場所を大きな十字架を引きずりながら歩いている。アルメニアの首都エレバンを発して、もうどのくらい歩いたのだろうか。東に東にと向かっている。見渡す限りの草原だ。ときどき大きな砂漠も越える。山脈も越える。

ある暗い夜大きな山のなかを進んでいると、明かりのともった洞窟が見えた。何の明かりだろうと思い、キリトはその洞窟を訪ねてみた。

「もし、どなたかいらっしゃるんですか」

「ああ、いるよ。私はずっとここにいる」

「ずっと、って、いつ頃からいるんですか。近くに村もなさそうだけど」

「ああ、近くに村も何もないから、ずっといられるのさ。そう、ここデニソワはこの何万年もずっと変わらない」

「何万年もですか」

「そうだ。ここには毒草が生い茂り、毒蛇がたくさん棲んでいる。だから誰も近づけないし、近づこうともしないけれど、あなたは平気だったのか」

「暗いなかを歩いてきましたから、何もわかりませんでした」

「たいていここに着く前にみんな毒蛇にかまれて死んでしまう。あなたは特別な人なんだろうね」

デニソワの人は、キリトにご馳走をふるまい、一晩、この何万年かの世界のことについていろいろ話してくれた。それにはキリトがすでによく知っていることもあったが、まったく知らないこともたくさん含まれていた。

「私たちデニソワの人間は、いま世界中に広がっている人間たちとも、私たちより古くからいて今は姿を消してしまった人たちとも一緒に暮らしていた。いまの人間たちがどのように歴史を書きあげているのか知らないが、私たちは何万年もここにいる。古いもの同士はみなつながっている。考えてごらん。空は世界中どこともつながっている。地下の水脈もそうだ。あなたたちの知らないことがたくさん起きて、いまのような世の中になっている。何が起きたかはあまり教えないようにしているけどね。ただ、知らなくてもいいけど、感じるほうがいい。ずっと古い人たちはとても賢かったが、いまの人たちに滅ぼされてしまった。いまの人たちは、自分で古いものとつながる根を切ってしまって、浅瀬に寄っていっているように思える。このままのやり方を変えるつもりがないなら、そのうち滅んでしまうだろう。私たちは、それを止めようとして、何人もの救い主をこの世に送ってきた」

「では、この世は変わるんでしょうか」

「この世がどうなるかはわからない。そう、誰にもわからない。ところで、あなたはこれからどこに行こうとしているのか」

「東の海の向こうにあるという大きな島です」

「ああ、炎の器のあるところだね。いいところだぞ。私たちはこれからも何万年も同じようにここにいる。また来たくなったら訪ねてきなさい」

夜が明けて。

「これを持っていきなさい。では、気をつけて」

そう言いながら、デニソワの人は、よく干した毒草を一株くれた。それひとつで十日は飢えをしのげるのだという。

礼を言って、不思議なことだなと思いながら、キリトは洞窟をあとにした。デニソワの人は、東の友に発信した。

「いま、そちらに救い主が向かった」

キリトはまた山を越え草原を歩いた。そこに馬に乗ったユウジンが通りかかった。

「ユウジン、その馬にぼくを乗せてくれないか」

「ああ、いいよ。どこまで行くんだい」

「ずっと東だ」

「いいよ、一緒に行こう。ずっと歩いてたのか」

「ああ、そうだよ。馬はたくさん通るんだけどね。ぼくはユウジンの馬にしか乗っちゃいけないんだ。ずっと君が通るのを待っていた」

「へえ、そうなの。ところで君はどこから歩いてきたの」

「キリストを神とする国アルメニアからだ」

「ああ、最近はやりの新しい神の教えキリスト教を、はじめて国の進むべき道として取り入れたことで有名になったところだね」

「そうなんだ」

「いいところかい」

「いや、ちょっと苦しいんだ。神の教えだけを信じて生きるには、いろんなものに囲まれすぎている」

「どういうこと」

「周りに、強くて信心が浅くてよくない国が多すぎる。南や西からペルシャや新しく勢いをつけてきたローマがいつも攻め込もうと狙っている。北の新しい国ロシアも油断がならない」

「そのようだね。草原に囲まれたこのあたりは割と平和だけどね」

「そうだね。私はもっともっと東に進んで、地の果てる海の向こうにあるという土地に渡って、信仰にだけ打ち込める平和な暮らしがしたいんだ」

「ほう、その海の向こうの国はたいそう平和なところなの」

「私がそういう国にしたいのさ。武器に頼らない、大いなる神の国にね」

「ほう、それは大変だけど、がんばってね」

「ところで、さっきデニソワという不思議な洞窟を訪れたんだけど、ユウジンは知ってるの」

「え、デニソワに行ったのか。大昔からある洞窟だよね。神の蛇が棲むという。ぼくも話は知ってるけど、行ったことはないんだ。というか、ぼくの一族は誰もそこに行ったことがない」

二人はそんな話をしながら、十字架を荷造りして馬に乗って進んだ。


たいていそこで夢は終わるのだそうだが、先日はじめてその夢に進展があったのだという。

「ほう。どうなったの」

次のように続くという。


二人は十二日一緒に馬に乗り旅を続けて、ついに大陸の東の端に到達した。そこからキリトはユウジンに別れを告げて、十字架を筏(いかだ)にして、東の海の向こうの、火を噴く山と深い入り江と大きな潟のある土地を目指してこぎ出した。

その土地は島とも陸ともつかず海に浮かんでいるといわれる。着いてみると、たしかにそのようだった。キリトの弟分であるウマヤドは、やはり中央アジアを発って東に進み、キリトよりもう少し南に上陸して、律令に基づく神の国を創ることを目指そうとしていた。出発する前に、キリトにもいずれそれを手伝ってほしいと言っていた。


小谷はこのとき大山にはじめてその夢について話した。

「大山さん、どう思う。じつはキリトだけでなく、最近私もこの夢を見るんだ。その続きも別の夢の断片でみるんだ。ふたつが続いて同時に出てくることはないんだけどね」

小谷は大山に『海を渡るもの』の物語を語ってやった。大山も驚きの表情を小谷に向けた。

「そういうことですか。キリトが先生に、自分がたどってきた物語を見せているんですね」

第八章　起源の海へ

再び砂漠に現れるもの

小谷はもうひとつ大山に、最近気になっている、少し前から頻繁に見る夢について問いかけた。

砂漠の向こうから赤子を抱えた女性が一人近づいてくる。最初はずいぶん遠くて、顔が確認できなかったのだが、最近、その姿が近くに見え、大きくなりつつあった。

姿がますます大きくなり、おまけに近づくにつれて赤子がどんどん成長して、最近では一人で歩き始めているのだ。

その顔を見て、小谷は驚いた。

キリト。

そして、キリトがつぶやくのがはっきり聞こえる。

「私たちはつぐなわなければならない」

赤子を抱いていた女性は、キリトに寄り添うように脇を歩いている。

女性の顔は影になってよくわからないが、ユリアに似ているようにも見える。

後ろにはキノコ雲がますます近く迫り、その下は火の海だ。


「どういうことだと思う」

「さあ、私にもよくわかりませんね。ただ」

「ただ、なんだ」

「いえ、なんでもありません」

小谷は大山が妙な口のつぐみ方をするなと気になった。

「じつはこの前はじめてその火の下にあるものが見えたんだ」

「何がありましたか」

「火を噴いているのは、アスカロン神殿だったんだよ。神殿に火をつけたのはユダヤだと、夢のなかで、みんながひそひそ話しているんだ」

そして、夢のなかでキリトが小谷に語りかけてきた。

「みんな、私が神殿に火をつけたのではないかと疑っています。私は決してやっていませんが、あそこにとどまると何が起きるかわからないので、逃れてきました」

「それであなたはどこに向かおうとしているのか」

「私を快く迎え入れてくれる兄弟がたくさんいるアルメニアを目指します」

大山の顔が青ざめた。

理恵の妊娠

数日後理恵が、小谷との面談で、亮の子を宿したことを告白した。

「おめでとう。いずれ一緒になるつもりだったんだから、いいことだよ」

小谷は、驚きながらも、祝いと励ましの言葉を送った。

「でも、不安なんです。この子をちゃんと育ててゆけるのか」

「亮君も大学に勤めてるんだし、心配はないと思うよ」

「でも、私はいま科学や政治のからむ出版の場にいるでしょ。あまり楽観的な記事に当たることがないものですから」

「将来はね、誰にもわかりはしない。それを不安と思うんなら、将来には不安しかなくなってしまうからね」

「この子が私くらいになって、私が先生くらいになる頃には、日本や世界ってどうなっているのでしょうか」

「それも誰にもわからないよ。予言は外れるためにあるようなものだからね。たまには当たることもあるけど、たいてい外れる。日本のなかだけで、物事が回っているんなら、まだいくらか予測もできるかもしれないけど、現実はそうじゃないからね」

「たしかに世界の動きと連動せざるを得ないですもんね。それも最近になってわかるようになってきました」

「私たちが理恵さんくらいの頃は、米国・ソ連という二大国の時代だった。自分たちが生きている間に、まさかその状況が簡単に変わるとは思えなかったんだけど、あっさり変わってしまったからね。君たちは『米・ソの二大国の時代』といってもあまりピンとこないでしょ」

「たしかにそれは言えます。先生と同年代の人たちにインタビューしていると、よく話が出るのですが、正直、現実感はありません」

「だろうね。ソ連が崩壊した後は、アメリカとアメリカに対抗すべく西欧が構築したEUが投資型資本主義一強のなかで圧倒的な支配力を発揮するんだろうと思っていたけど、昨今の様子は、そうとも言えないしね。EUはガタガタだし、アメリカの社会不安も深刻だ」

「とても不安定な時代ですね」

「まあ、特に今がそうだということでもないさ。世界はいつも不安定だ。今のほうがまだましかもしれない。ただ、新しい要素が生まれてきている」

小谷は次のように語った。

新興国といわれていた国や地域が大きな力を持つようになっているからね。中国とかロシア、インド、たぶんイランやトルコも目覚めるだろうね。また様相は、ガラッと変わるかもしれないね。

ただそれが資本主義的な形かどうかは分からない。それらの国や地域は元来、先鋭的な投資型の資本主義などなくても生きていける国だ。それどころか民営優先の投資型の社会をバカにしている風情もある。あんなものうまくいくはずがないだろうと。そして大地に見合った基本的な豊かさがある。それが投資型社会からみて貧しいと思えても、投資型社会の貧富は、本当の意味で人々がゆったり生きていけるかどうかとはほとんど関連がない。ほんの一握りの高速トレーディング・マシーンを持っている連中しか富を手にできない社会が幸せなものであるはずもない。

日本と世界

「日本の社会はどうなるんでしょうか」

「いびつな超高齢化社会をどう乗り越えるかで、大きく変わるだろうね。私たちくらいから上の人たちが死んで、ほとんどいなくなってしまう頃には、人口構成もかなりすっきりしてしまうかもね。減少した人口に見合った社会になってるんだろうなと思うけど、隣には、日本の十数倍の人口をもった活発な国があったりするわけだからね。今でもそれはすでに脅威だけど、どうなるか、やはり読めないよ。大山さんともよく討論になるけど、やはり読めない」

「超高齢化社会はどうなるんでしょうか。私たちはその影響をもろに受ける世代になります」

「介護も、十年後には、現在七十歳を超えつつある団塊の世代がどんどん亡くなっていくだろうから、施設も入所者が減ってきて、余り気味になって、入所者の奪い合いになっているんじゃないかと思う」

「そこにいたるまで無事にすむでしょうか」

「たしかに、この十年くらいをどうするかが、とりあえず大問題なんだけどね」

「高齢者の地方への移住なんてことを言ってますけど」

「若者は都会に出てしまって、高齢者が田舎に移住させられるのかな。ひとつのアイデアかもしれないけど、もうひとつピンとこないね。参勤交代のような形なら可能かもしれないな」

「どういうことでしょう」

「いま田舎にいる人が、そのまま田舎で過ごすのはよくわかるけど、都会で暮らしていた人たちが、いわば国策で田舎に移るというのは、いろんな無理があるだろうね。地方と都市で暮らす時期をうまく交互に組み合わすことができればうまくいくかもしれない。参勤交代的にね。でも国策に乗っかるといつの時代もたいていろくなことがない」

「その頃の世界は、どうなってるんでしょうね」

「世界のなかでの日本の立ち位置はやはり気になるね」

「日本も軍備を増強したり、自衛隊を外国に出したりして、変わるんでしょうか」

「変わってほしくないね」

　小谷は次のように説明した。

　軍備について言えば、自国に向かって飛んでくるミサイルを撃ち落とすパトリオット機能は、時代に合った確実なものでなきゃ困る。これは絶対条件だ。しかし地球の裏側に兵隊を送るのは、どう屁理屈をこねてみても、専守防衛とは相いれない。

そのうさんくささは、簡単に見破られてしまうに決まっている。シー・レーンをどう守るかという問題はたしかに絶えずあるわけだけどね。でも、これは外交でしのいでいくべき課題で、いちいち軍隊を送っていて間に合うはずがない。そんなことは絶えず即応体制を持っている完全な軍国国家でなきゃ無理だ、徴兵制を敷いたね。


「でも、本当に自分の国だけ守っているような国を、世界の他の国はいざというとき守ってくれるんでしょうか」

「他国の領土には軍隊を出さない、というスタンスがスタンダードになる必要があると思うんだけどね。日本にはそのイニシアチブをとる権利がある」

「でも、戦争って、ほとんど領土が確定していない地域、つまり領土問題が引き金で起こることが多いんじゃないでしょうか」

「たしかにその通りかもしれないけどね。とにかく隣国とはできる限り仲良くやることだね。でもね、領土問題の難しい途上国、あるいは欧米の同胞ではない国・地域の人たちには、日本はアメリカに原爆を落とされた国なのだから、本心では、被害国としてアメリカに恨みを持っていて、絶えずアメリカに恨みを持つこちら側の国の感情を持っているはずだ、という思いがある。その微妙な感覚を裏切らないことは、大事だと思う」

「日本は世界のなかで本当に戦争被害国と思われているんでしょうか」

「まだ、とても微妙だと思う。二重の意味でね」

小谷は二つの危惧について触れた。


日本が被害国かどうかについては、特にアジアの人たちにとっては微妙だ。日本は過去のある時代に屁理屈をこねて明らかな侵略行為を行なってきた。アジアの人たちにとって、日の丸をつけた軍用機や船が自国領を通過していくほど、悪夢を呼び起こす光景はないと思うね。集団的自衛権は、それを引き起こす可能性がある。ずいぶんうさんくさい話だ。

そしてもうひとつ。なんだかんだ言って、軍備が増強されて、日本がしょっちゅう外国に兵（自衛隊員）を送る荒々しい状況になってくると、日本は復讐を考えるようになるかもしれない。まだ日本人は原爆を落とされたトラウマを消化しきってはいない。つまり、まだ平和日本は復讐日本に変身してしまうきな臭さがあるんだよ。その感情の動きは、甘く見ないほうがいい。

日本で唯一地上戦の舞台にされた沖縄とか広島・長崎の傷は、とてもじゃないが癒しきれてはいない。沖縄など分離独立の可能性さえある。少なくとも感情的には。それどころか、世相が荒々しくなってくると、傷が、反省から憎しみに反転してしまう要素はかなりある。いつも争いに参加している環境では、その反転が起きやすくなると思うんだ。日本は明治以降、隣国に対して四度もそのような大きな摩擦を起こしている。

国民感情が反転すれば簡単に核武装もできてしまう。核兵器の材料は日本にはあり余っているし、技術的にも簡単だ。集団的自衛権の禁止条項が、あんなにも簡単に覆されるんじゃ、そこまで心配したほうがいいかもしれない。

「日本が復讐を考えるってアメリカにってことですか」

「アメリカにというか、日本に原爆を落とすことを認めた世界に、というのかな。もう二度と戦争はやらない、という反戦と平和主義のなかでは、日本が復讐に燃えるという状況はなかなか理解しにくいと思うけどね。感情が反転するとそれは起きうる」

「なるほど。わかります。そのせめぎ合いなんですよね」

「そう、まだまだとても危険だ。その危険は隣国にも危惧の念を引き起こす。またやるんじゃないか、と。だから微妙な感覚を慎重に保たなければいけない」

「そのうさんくささを作りだしてしまうものは、なんでしょうか」

「一口に言えば不完全な経済行為だろうね。これも大山さんとよく討論になるんだけどね」

小谷は理恵に対して大山との議論の概要を説明した。

「兵器を売る経済はどんどん自分の国さえも追い込んでいく。武器関連品は、車や家電を売っているよりずっと国民総生産を押し上げる。よほどしっかりした『哲学』がなければ、生活を守るためなら、そんなこと気にしなくていいじゃないか、と簡単に武器商人になってしまう。その点では日本はまだ信用されていないと思う。私たちくらいから上の年代の年寄りたちが、『今の若いものは自分の国の利益や財産・人命も守れないのか』と意味不明のたわごとで若者を戦場に押しやる」

「よくわかります」

「さっきの話じゃないけど、これをなんとしても避けなければならない。自衛隊を外に出さない。この一事でどれだけ世界の人たちに安心感を与えることができるか。日本はそれを国是として七十年間がんばってきた。このことは『原爆投下の日』を『復讐の日』でなく、『平和の日』とすることと並んで『日本の決意』を世界に知らしめてきた。ただ、日本のなかには、それはアメリカなど戦勝国によって押し付けられたもので、日本人の本音はそうではないと主張する人たちもいる。憲法の解釈ではなく、憲法そのものを改めるべきだとね」

「たしかにそういう主張はありますね。でも、そこは自分たちでは作りきれないものを与えられたと考えるべきだと思うんです。この世のものはすべて何かから与えられてるわけですもんね。他のいわゆる先進国も、日本の軍備を自国以外に出さないやり方は案外かしこいのではないか、と評価し始めている節があります。地域の隣国同士のいさかいに足を突っ込んでも、コストや兵隊の士気やアフターケアも含めて、大体ろくなことがないと納得し始めています」

「そうだね。兵隊や軍備を外に出さないことには積極的な意味がある。ある意味、原罪を知らない日本だから、あまりこだわらずできることでもある」

小谷は続けた。

「アメリカにしてもそうだけど、最強のキリスト教国家は、いつの時代でも、得られた最良の知識や武器を容赦なく侵略に使うことに躊躇しない。激しいトラウマがそうさせるのか。たぶんね、ナチズムでヨーロッパにいられなくなったユダヤ系の人たちの動きも大きいと思う。アメリカの国民がすべてそうだとは言わないけどね、一人一人を見れば随分優しい人も多いから。これは国家として受け継がれる『国是』なのかもしれない。その遺伝子は日本にはない。逆に、二〇一六年の大統領選挙などを見ていると、アメリカ国民のうめきと社会の亀裂の深さが浮き彫りになってきているように思うよ」

「おっしゃる通りだと思います。でも平和国家ってとても厳しい道だと思います」

「たしかにね」

世界がどう変わるかなど誰にもわからない。でも、世界がどう変わろうと、時代がどう動こうと、生まれてくる子にとって、母親であるあなたは「世界の起源」だ。

そして、あなたは世界を創造する荒々しい大地の母神だった。すべてが焼き尽くされた後で、あなたが創るものが「世界」だ。

最後の言葉を小谷は飲み込んだ。

由美の外泊

由美の外泊にはいつも父親が迎えに来る。外泊中の由美は両親がそろった自宅で平穏に過ごしているようだが、必ず一日は大山山麓の父親の実家を訪ねるという。小谷もそれは別に問題ないだろうと、気にもしていなかった。

由美は大山山麓の実家で何をしているのか、あるとき小谷は何気なく尋ねた。

「実家に近づくにしたがって意識がもうろうとしてきて、あまりはっきり覚えていないんです。とくに白い建物の前に来ると、それから後のことは、まったく記憶に残っていません。建物から出た後少しずつまた意識がはっきりしてくるんです」

この説明を不思議に思い、少し嫌な予感がした。だが、それ以上確認のしようがない。父親に聞いても、自分は門の外で待っているだけだ、という。

一体そこで何をやっているのか。

小谷は意を決して、外泊する由美が山麓の実家に向かうころを見計らって、後をつけた。

由美を乗せた父の車が実家の門をくぐる。すぐに父が由美を抱きかかえるようにして白い建物に向かった。建物には由美だけが入り、父は膝を抱いてうつむいたまま、壁に寄り掛かっていた。

小谷はそっと父に近づき、思いきって声をかけた。

「お父さん、何をやってるんですか。由美さんはどうしてるんですか」

父は茫然とした表情を小谷に向けた。その顔は、目の前にいるのが小谷であることを認識していないかのようだった。小谷は、建物の中に入ろうとドアに手を掛けたが、内から鍵が掛けられていた。軽いめまいを感じたため、あとずさりして、木陰で由美が出てくるのを待った。

しばらくして、建物の裏側から何者かが、さっと出ていって、山の方向に消えるのがわかった。

小谷は後を追おうとしたが、不思議なことに足が動かなかった。ほどなく由美が建物から出てきて、何事もなかったかのように父とその場を去っていった。

そのころ開放病棟の看護師の美里から妙な情報がもたらされた。由美が外泊するとき、示し合わせたように大山も外泊するのだという。

「大山さんが？」

どういうことなのか、小谷にもその意味がよくわからなかった。

大山の告白

一方大山は面会に来る亮に、最近の自分に起きるある異変について告白していた。

「亮君には、私も由美さんも大山教団に属する人間だ、ということは話したことがあるよね」

「はい。大山さんの家系が由美さんの一族をサポートしていた、ということまで聞いたと思います」

「その通りだ。それでね。最近しきりに、由美さんから私に信号が送られてくるんだよ」

「え。どういうことでしょう」

「ずっと以前、由美さんが拒食症の患者としてこの病棟にいて、私と亮君が知り合った頃には、まったくそんなことは起きなかったんだが。由美さんが閉鎖病棟に移ったあと、ときどきそれが起きるようになっているんだ」

「どんなふうになるんですか」

「『サルタヒコよ。目覚めよ』、とね」

「サルタヒコ？　ですか」

「そうだ。ニニギノミコトを高天原から地上界に案内した神の案内人サルタヒコ」

「日本のもっとも古い神のひとり。伊勢神宮の守り神として有名で、姫神の護持神でもあり、全国で祀られている神でもありますね」

「『目覚めよ』という声が聞こえると、私はね、どうも病棟から出て、横浜や町田や厚木の駅前に出向くようなんだ。そしてね。中学生くらいの男の子に声をかけて、車に乗せるらしい」

「らしい、って覚えてないんですか」

「もうろうとして、はっきりした記憶がないんだけど、かなりてきぱきやってるらしい」

「誰かに見られたんですか」

「そうだ。開放病棟の看護師さんにね」

「なぜそんなことを」

「わからなかった。自分では」

「その後はどうなるんです」

「車で大山山麓の由美さんのお父さんの実家、つまり由美さんの一族の拠点の白い建物にその男の子を連れていくらしいところまでは、おぼろげながらわかるんだ」

「そのあとは？」

「しばらくすると、何事もなかったかのように、その子を元の場所に送り届ける。でも、その間、何をやってるのか、わからないんだ。わからないから不安だったんだが、由美さんが開放病棟に移ってきてから、その謎が解けた」

大山教団の秘法

「ある日、由美さんが病棟ですれ違いざま語りかけてきた。その様子は普段の由美さんとはまったく違っていた」

サルタヒコよ。お前はよくやっています。

お前は深い意識では私たちの使命と方法をよく理解しています。

でも、いまこの世を生きているお前には、それがよくわかっていないようだから、教えておきましょう。

私たちは永遠の命を紡(つむ)ぐものです。私たちはいつも救い主を探しています。そして、この病院にはその救い主がひとりおられます。

「そして、その方法も説明してくれたんだ」

「どんなやり方なんですか」

次のようなことらしいね。

夢精がはじまったばかりで、まだ女の子と交わっていない少年の精液と由美さんの愛液を混ぜた秘薬を、由美さん自身が口にする。

それをくりかえすとね、その一時期だけ由美さんの乳から秘汁がにじみ出る。

それをその救い主に飲ませる。

亮はあっけにとられて聞いていた。

「いや、びっくりするだろ。私もびっくりだ。私自身が少年を由美さんの前に連れて行くことで、それを手伝っている。そしてね。救い主にそれを飲ませる時期が近づいていると」

「にわかには信じがたい話ですね」

「私たちが手伝っているのは、ひとつのイニシエーションなんだけどね、救い主はそういう儀式をいくつかこなしていくことによって、真の救い主に近づいていくらしい」

「真の救い主ですか。いったい何から私たちを救ってくれるんですか」

「いや、じつはよくわからない。救い主や預言者って、名を残す人もいれば、現実社会では犯罪者になってしまう人もいるし、人知れずその役割を終えて、この世を去る人もいる。私もそれに加担しているというのも信じがたい」

「小谷先生には話したんですか」

「さすがにちょっと話せないな」

「由美さんって、いったいどんな存在なんでしょうか」

「私も最近になってやっと気付いたんだけど、大乳母だよ。日本神話でいえば日女（ひるめ）。つまり救い主を守り育てる存在だね」

「これまでの由美さんの症状にもそれなりの意味があるんでしょうかね」

「まあ、そう考えるほうがいいのだろうな。拒食で体を浄化させていたのかもな。この世の中でうまくやっていくために自分のなかに取り込んだ、不純なものをすべて捨て去っていく。拒食にはそんな意味があるのかもしれない、と小谷先生がつぶやいていた。自分の本来の役目を果たすために、準備をしていたのだろうね」

「なるほど。性的な逸脱行為も、意味のあることだったんでしょうね」

「由美さんにとってはね。大事な前哨的な修行というか儀式そのものだったのかもしれないね。それとね、もう一つ気になることを言っていた」


近いうちにまた一人救い主が現れます。

その母となる人はかつて私の近くにいた人。

その夫はあなたの知る人。

大山の正体

美里から小谷にもたらされた情報は、由美が開放病棟に移ってからのものである。外泊は主治医の許可が必要なので、小谷も由美の外泊日時は把握していた。しかし、開放病棟では、外出はノートに「何時から何時まで外出予定」と書き込むだけで、主治医の許可はいらない。したがって小谷は大山の外出については把握していなかった。


由美と大山が同じ日に病院を出ている。

どういうことだ。

小谷は「あっ」と叫び声をあげた。

山麓の由美の実家の白い建物で山の方向に逃げ去ったのは、大山ではなかったのか。

そこで小谷は、次の由美の外泊時、同じようにあとをつけ、彼女が実家の白い建物から出てくるとき山の方に走り去る男のあとを苦しい息のなか追いかけた。その男は以前遺産整理のとき一緒に訪れた大山の実家の辺りで消え、すぐに急発進する車の音が聞こえた。


小谷は由美が閉鎖病棟にいたときの外泊記録とその時期の大山の外出ノートの記載をチェックしてみた。なんと同じ日に病院を出ている。

でも、なぜ大山は由美と示し合わすことができるのか。閉鎖病棟にいる由美は大山に連絡することはできないではないか。

小谷は思い切って大山に疑問をぶつけ、問い詰めてみた。

大山は、ばつが悪そうに、小谷に、亮にしたのと同じ告白をした。

「なんてことだ」

小谷は絶句した。そしてさすがに大山に詰め寄った。

「もう、これからはそんなことは認められないからな」

大山もうなだれていた。

小谷は美里に、大山の外出をしばらく許さないように申し伝えた。

小谷は暗澹たる心持ちのなかに放り込まれた。

「いままで大山さんと対話することで、自分の気持ちが整理でき、行動を方向づけることができてたんだ。これから私は何を頼りに進めばいいんだ」

小谷はこれまでの大山との様々な対話を思い浮かべた。

いつから私を裏切っていたのか。

いや、裏切っていたのではない。彼は最初から由美の協力者だと言っていたではないか。ただその通りのことをやっているだけではないのか。

でも、協力者なのか、ただの下僕なのか。

小谷は混乱した。

あなぐらで

小谷はいつものあなぐらに閉じこもり、身動きできないでいた。こんな感覚は久しぶりかもしれない。それほど大山の「裏切り」はショックだった。

そのとき小谷の肩にそっと手をかけるものがいた。亮だった。

「亮君か」

「はい、私も大山さんから話を聞きました」

「ひどい話だよ。私と大山さんの熱く濃厚な時間はいったい何だったんだと思うよ。まあ、私たちの濃厚な時間があろうがなかろうが、世界はそれに関係なく回っているわけだけどね」

小谷は自嘲的につぶやいた。

「でも、大山さんが先生を裏切った、というのは違うと思います。大山さんに変化が出てきたのはごく最近だということです。大山さん自身も驚いて、先生に告白する時間がなかったんじゃないでしょうか」

「たしかにそうなのかもしれないな」

「それに私と理恵さんの間にも大きなことが起きました」

「ああ、理恵さんから聞いてるよ。おめでとう」

「それがですね。私と理恵さんの間に生まれる子どもは、なにか特別な存在なのだと、由美さんが言っているらしいんです」

「どういうことだ」

「救い主がどうとかこうとか」

小谷はうなずいた。

「なるほど。そういうことか」

「そういうこと、とは」

「いいかい。亮君は、なぜ地中海のことばかり研究・探索する運命を背負っているんだと思う」

「運命を背負っているんですか。私にはそういう意識はないんですが」

「亮君の肉体と魂は、ずっと昔から地中海の辺りをさまようことが多かったんだよ。この世では、亮君の肉体はこの国に生まれてしまったが、魂はやはり地中海に向かってるんだ。亮君の魂はいつも彼(か)の地の女神たちに愛された。だから、この世でも、フェニキアの女神だった理恵さんに愛された」

「そう言われてみると思い当たることもあります。私は海の民として地中海らしきところを航行している夢をよく見るんです。理恵さんと思しき女神がフェニキアの船に乗って西に向けて航海していく姿もね。私は理恵さんに向かって『こちらにもおいで下さい』と嘆願するのですが、それは聞こえないのか、いつも無視されてしまいます。そう、いつも夕日が沈むころ。理恵さんの船のマストの影だけが私の方まで延びてくるんです。黄昏(たそがれ)の地中海にね」

「なるほどね。黄昏の地中海か。でも、地中海は死に絶えはしないよ。私たちがいま手にしている多くのものは地中海で生まれた。そして、すべてのものが火のうちに沈むとき、再び立ち上がるのは海を自由に操るものだ。それこそが、亮君と理恵さんの子どもだよ」

話しているうちに、小谷も少し落ち着きを取り戻してきた。

その場所へ

そうこうしているうちに、患者の出入りの調整がついて、由美がまた閉鎖病棟に戻ることになった。

「これでひと安心か」

閉鎖病棟に戻れば外泊・外出の許可さえ出さなければ妙なことは起こり得ない。小谷は胸をなでおろした。

「大山さんまでからんで、とんでもないことになるところだったな。それにしても大山さんにも何らかの懲罰が必要になるな」

同士であるはずの大山の秘密。

「いったい、どうすればいいんだ」

小谷は大きな落胆と不安に陥った。

やがて小谷は自分自身に起きる妙なことに気付き始めた。

キリトは、男子閉鎖病棟のなかでは模範的な患者だ。他人を妄想に引き込むでもなく、特に荒ぶる様子もない。車座でのウマヤドやユウジンたちとの集会も気にはなるが、特に人目を避けながら、ということでもないし、逸脱行動に結びつくわけでもない。ただ、最近はユウジンと一緒にいる以外に、ときどきユリアと廊下の隅でひそひそと話しこんでいるのが目に留まる。ユリアに、キリトと何を話していたのか尋ねても、身の回りの困ることについてのアドバイスだという。

しかし、そんなときだった。

男子閉鎖病棟でキリトと面談していると、キリトのどこかが、小谷の何かに語りかけてくる。

最初はぶつぶつやりとりしているだけで、何が語られているのかよくわからなかった。

しばらくして「声」が聞こえはじめた。

「私は救い主」

「私を『あの場所』に連れて行きなさい」

小谷は最初、錯覚かと思った。

女子閉鎖病棟に行くと由美からもその声が発せられる。

その声は、さらにはっきり聞こえるようになってきた。

「私を『あの場所』に連れて行きなさい」

次第にきつい命令調になってくる。

「あなたはいったい誰なんだ」

小谷は苦しい息のもとで思い切って尋ねた。

「大地を創りたもうた大女神に仕える者。私たちの方法を復活させなければ人間の世界に遠い未来はない」

「私たちのいまの方法ではだめなのか」

小谷は思い切って尋ね返した。

その問いかけには答えが返ってこなかった。


そして、さらに、声。

「お前はヘルメスではないのか」


そうです。

私は神と人の間を取りなすもの、すなわち、ヘルメス。

神の下僕(しもべ)でもないもの、人間の下僕でもないもの、すなわち、ヘルメス。

洞穴(ほらあな)に潜むもの、洞穴から出ずるもの、すなわち、ヘルメス。

小谷のなかの何かが、そう応えていた。

小谷は由美の手を取り、ふらふらと病棟の外に出た。
ふたりの様子が尋常でないのに気づき、誠一郎がその後を追った。

同じころ、ユリアがキリトを伴って、男子閉鎖病棟から出てきた。
ユウジンとウマヤドがこっそりその後をつけてきた。
大山も病棟の外に出てきた。
美里が急いでその後を追った。

小谷は庭の隅の勾玉型の「その場所」に由美を導いた。
いつも前を通ると不思議な気分にとらわれる「その場所」だ。
途中お堂の前を通るとき、内がポッと光るのが見てとれた。
由美はじっとそこに身を横たえた。

やがてユリアに連れられて、キリトが「その場所」に現れた。
大山もよろよろと引き寄せられるように「その場所」にたどりつく。
大きな木にもたれかかって苦しい息を整えていた。

うしろに誠一郎と美里が追ってきていた。
ユウジンとウマヤドが飛び込んでくる誠一郎を制した。
ユリアは大山を支えながら
木陰でその様子をじっと見ていた。

由美はゆっくりと身を起こした。

　キリトが由美に近づき
　その乳房に口をつけて
　ゆっくりと吸いはじめる
　薄れる意識のなか
　由美のうしろに
　古代の海が広がるのを
　小谷は
　たしかにみた

◆論考部分に関わる主な参考図書

松田素二『呪医の末裔』（講談社）
真鍋俊照『邪教・立川流』（ちくま学芸文庫）
頼富本宏『密教とマンダラ』（講談社学術文庫）
溝口優司『アフリカで誕生した人類が日本人になるまで』（SB新書）
中田考『イスラーム法とは何か？』（作品社）
ウディ・レヴィ、持田鋼一郎訳『ナバテア文明』（作品社）
植島啓司『処女神』（集英社）
植島啓司『世界遺産 神々の眠る「熊野」を歩く』（集英社新書ビジュアル版）
村井康彦『出雲と大和』（岩波新書）

他に雑誌記事、ネット掲載文など多数

こころのトポロジー――あとがきとして

本作品は、物語という形式をとっていますが、実質的には「起源」をめぐる論考を中心に構成されています。起源をめぐる旅と論考は、秋田大湯、津軽、熊野、出雲と、この国の古代の姿をとらえる作業から始まり、地中海、アジア、イスラム世界へと展開してゆきます。それは同時に、仏教、キリスト教、イスラム教など世界宗教を見渡す作業とも重なります。なぜ人は祖霊への思いを胸に抱きながら、その関係を絶って、旅立つのか。そして結局、どこに還ろうというのか。物語の中では、そのような思いは、大地母神の神殿アスカロン、あるいは「起源の海」への誘い（いざない）として現れるのですが、それは当然のことながら、「こころの在処（ありか）」の問題に帰結します。また、それは世界を成り立たせているあらゆる構図、すなわち政治、経済、医学を含む科学、世界宗教の存在理由などについて広く考察する作業へとつながります。

それらをきちんと論考するために、今回も対話主体の物語という形をとりました。本編は前作『摂食障害病棟』の後を受けて書かれたものですが、独立した作品であり、前作を読んでいなくても問題なく物語に入ってゆけます。

人生の旅の後半で、この物語を著すことができて幸いでした。私を支えてくださっているすべての人たち、特に家族に深い感謝をささげます。とりわけ、二十二歳の若さでこの世を去った長女の未玲（みれい）。私はそのときどうしたらよいかわからず、それまで続けていたすべての仕事と活動を一度打ち切りました。今もってその霧の中にいるような感覚が晴れることはありません。

最後に、心身医学のみならずいつも大きな導きを賜っている筒井末春先生、そもそもその存在がなければ前作同様この作品が存在し得なかった植島啓司先生、この本に力添えをいただいた、装画の三瀬夏之介氏、各章扉絵の阪本トクロウ、小木曽誠、「東北画は可能か？」グループ、オーガフミヒロ、Painter Kuro、ナジルン、大小島真木、鴻池朋子、各氏・団体と、前作同様、本の完成に尽力くださった作品社の青木誠也氏に深い感謝をささげます。

それにしても、旅をしていると、不思議なことを経験します。奈良の宇陀、室生寺金堂の十一面観音様をみたとき驚きました。なんと観音様はミーちゃんにそっくりではありませんか。パパは、もうしばらくこの世の旅を続けるつもりですが、ミーちゃん、見守っていてくださいね。

二〇一六年四月

大谷純

【装画】
三瀬夏之介「起源の起源 The Origin of the Beginning」
2014年制作、182×272mm、雲肌麻紙・白麻紙・金箔・青墨・胡粉・金属粉・アクリル・印刷物・パネル／Kumohadamashi, shiromashi (japanese paper), gold leaf, seiboku (grey ink), whiting, metal powder, acrylic, printed material, panel
撮影者：宮島径　Kei Miyajima、Courtesy of imura art gallery

【第一章扉】
阪本トクロウ「sky」
2008年制作、840×594mm、アクリルガッシュ・白麻紙

【第二章扉】
小木曽誠「プロチダ」(部分)
2014年制作、60号、パネルに綿布・白亜地・油絵の具・テンペラ絵の具

【第三章扉】
東北画は可能か？「方舟計画」(部分)
2011年制作、綿布・アクリル

【第四章扉】
オーガフミヒロ「西の富者」
2015年制作、F10号 (530×455mm)、キャンバス・ジェッソ・アキーラ・オイルパステル

【第五章扉】
Painter kuro「バランス」
2012年制作、墨・アクリル・ペン・canvasF10

【第六章扉】
小木曽誠「室生寺十一面観音像」
2016年制作、38×29cm、ワトソン紙にアクリル絵の具（図版から模写）

【第七章扉】
ナジルン NASIRUN「Darwish」
2009年制作、280×200cm、キャンバスに油彩 oil on canvas
©NASIRUN courtesy MIZUMA ART GALLERY

【第八章扉】
大小島真木「Renacimiento」(壁画部分)
2013年制作、800×500cm、pencil and acrylic on cotton mounted on panel
@Maki Ohkojima

【巻末】
鴻池朋子「囁く――獣の皮を被り 草の編みもの」
2011年制作、103×73×3cm、ミクストメディア（雲肌麻紙・墨・アクリル・金箔他）
©Tomoko Konoike

【著者略歴】

大谷純（おおたに・じゅん）
1954年鳥取県生まれ。岡山大学医学部卒業。医学博士。内科医として勤務後、東邦大学大森病院心療内科で心身医学を学ぶ。横浜相原病院心療内科部長、JICA本部メンタル分野顧問医、人間総合科学大学大学院教授などを経て現在社団大谷医院理事長。現代文芸研究所出身。著書に『摂食障害病棟』（作品社）、『癒しの原点』（日本評論社）、『プライマリケアと心身医療』（新興医学出版社）、共著書に『行動科学概論』、『心身医学』（以上筒井末春と共著、紀伊國屋書店）など多数。

アスカロン、起源の海へ

2016年6月25日初版第1刷印刷
2016年6月30日初版第1刷発行

著　者　大谷純
発行者　和田肇
発行所　株式会社作品社
〒102-0072 東京都千代田区飯田橋2-7-4
TEL.03-3262-9753　FAX.03-3262-9757
http://www.sakuhinsha.com
振替口座00160-3-27183

編集担当　青木誠也
本文組版　前田奈々
装　幀　水崎真奈美（BOTANICA）
印刷・製本　シナノ印刷株式会社

ISBN978-4-86182-583-5 C0093
©OTANI Jun 2016　Printed in Japan
落丁・乱丁本はお取り替えいたします
定価はカバーに表示してあります

【作品社の本】

摂食障害病棟

大谷純

これほどわくわくする物語に出会えたことはまさに奇跡
——植島啓司氏絶賛！

**摂食障害の治療をめぐる、医師と若い女性患者たちの心理を、
古代ギリシアの対話篇をほうふつとさせる
知的なダイアローグとともに描き出す、
現役の心療内科医による衝撃の長篇小説。**

これほどわくわくする物語に出会えたことはまさに奇跡としか言いようがありません。ここに描かれているのは、普通には知られない摂食障害の治療をめぐる医師の心のなかと若い女性患者たちのたくらみなのですが、それはしばしば古代ギリシアの対話篇をほうふつとさせる知的なダイアローグをともなって、「個人の歴史は人類の歴史でもある」という壮大なテーマへと結びついていきます。まさに新しいジャンルの誕生です。　植島啓司（宗教人類学）

ISBN978-4-86182-327-5